月光不远

敖晓俊 著

哈尔滨出版社
HARBIN PUBLISHING HOUSE

图书在版编目（CIP）数据

月光不远 / 敖晓俊著. — 哈尔滨：哈尔滨出版社，2023.3
 ISBN 978-7-5484-7147-9

Ⅰ.①月… Ⅱ.①敖… Ⅲ.①诗集-中国-当代 Ⅳ.①I227

中国国家版本馆 CIP 数据核字（2023）第 065593 号

书　　名：	**月光不远**
	YUEGUANG BUYUAN

作　　者：敖晓俊　著
责任编辑：滕　达
装帧设计：书香力扬

出版发行：哈尔滨出版社（Harbin Publishing House）
社　　址：哈尔滨市香坊区泰山路 82-9 号　　邮编：150090
经　　销：全国新华书店
印　　刷：成都兴怡包装装潢有限公司
网　　址：www.hrbcbs.com
E-mail：hrbcbs@yeah.net
编辑版权热线：（0451）87900271　87900272
销售热线：（0451）87900202　87900203

开　　本：880mm×1230mm　1/32　印张：10.25　字数：68 千字
版　　次：2023 年 3 月第 1 版
印　　次：2023 年 3 月第 1 次印刷
书　　号：ISBN 978-7-5484-7147-9
定　　价：68.00 元

凡购本社图书发现印装错误，请与本社印制部联系调换。服务热线：（0451）87900279

月光不远照伊人

——敖晓俊《月光不远》集序

彭定旺

晓俊嘱我为他第三本诗集《月光不远》写序,稿样摆在面前,已不容推辞。却之不恭,甚至会遭来不识抬举之讥。其实我不写诗,对诗也没有太多研究。虽然读过不少诗,但要谈出个子丑寅卯,实在使我有些惶惑。但人敬我以礼,我必回人以诚。想起鲁迅幽默诗《我的失恋》中的句子:"爱人赠我金表索;回她什么:发汗药;……爱人赠我玫瑰花;回她什么:赤练蛇。"于是有了勇气,尽管写出的是些贻笑方家的外行话,但总比回以发汗药、赤练蛇之类更显诚意吧。

读完诗稿,凝眉捻须,林林总总想到了许多。什么是诗歌?诗歌如何表现个人情感、社会生活、社会承担?诗歌文本的内在命题和诗性审美到底有什么关系?

记得我曾在一次文学讲座中说过如下的话:"人类生活中有许多非物化的存在,比如情绪和幻象。它们活跃在精神深处、意识缝隙、思维暗影里,使得人们产生描摹它们的冲动,在压抑沉郁之后,情感思绪奔突开来,而语言苍白无力,表达无可奈何,急切而惶然之下,又想一吐为快,那只好顾左右而言他,假托客体说西指东,甚至不知所云,所谓寄情于景、托物言志,这种宣泄内心的涌动，久而广之，趋而同之，慢慢演化成了基本格式，形成了语言表达的审美认同，这种进行分行书写的语言形式就是诗歌。"这里对诗歌的定义肯定不太准确，但我觉得语言及通感对诗歌来说是很重要的。

晓俊的诗在语言上简短内敛，白话里暗含古雅，简洁奔放，极富文学意味，在音韵上，既有现代诗的流畅，又有旧体诗的格律和节奏；他的很多诗将听觉、视觉、嗅觉、味觉、触觉以及意觉等不同感觉相互沟通、交融，在勾连贯通的圆润中，形成整首诗的通感，使人过目不忘。比如《欲诉　忽已秋……》中：时令渐深秋/倍觉寒意幽/晨听鸟鸣/声啾啾/暮看梧桐杏渐黄/恍然不觉/霜华令白首/夕阳照/重登层楼/已非昨日少年客/愁　已知愁/倥偬马蹄疾/人间未透……诗中通过鸟鸣、杏黄、霜白、夕照、蹄声把秋深渐寒较好地融进了人间未透的惆怅，营造出了情景交融的诗歌意境。

与小说和日常生活里陈述事物的语句不同，诗歌的语言不讲究句子结构的规范和语法逻辑的正统，让你在联想和意象里，在背景和氛围中，不可用繁复的文字去表达所谓的真相；诗的语言一定是简洁的，短促而留有空白的；诗句常常出现跳跃、休止和突然的组接，生怕说白了说穿了；空白是留给读者的，有了空白才有回旋，才有浓得化不开或是绵绵无止境的共鸣，这就是诗歌魅力之所在。

请看他的《风还是没有停　只想去记得你》：落叶的行程/从来就没有根蒂/也许/也只是一种也许/飘零的/真的只是这一程而已/然而/此时的月夜/此际的茶/依旧是当年的微温/多年以后的重逢/是如今的一双冲我伸出的手/仍然告诉着我/现在的你依

然温暖/只是更加感恩/还能来得及告诉我/这一路颠沛流离/还有难以预计/穷尽了生涯里的张望/风吹麦浪/也能橘黄摇曳/难以割舍的/就一一地作罢/让他长在了/令人硌得生疼的过去/每一个字/都是粗粗的颗粒/已被嵌在了一首首/昨天到眼下/至今还在呼吸着的诗里/一刻/只因目光太热/一刻/只因冷雨太煞/一刻/只因路途太远/一刻/只因波涛太急/当年的一轮月/依然是照在了天地的明镜间/凝咽的江畔/那一抹恸人的嫣红/还映在/挚爱留下过的天际/路上的滔滔/有的泪/不忍　终是不忍/是一条湍流的河/被白发的人哽咽着/向昨天提起……

这首诗使我联想到李清照的《声声慢》:

寻寻觅觅，冷冷清清，凄凄惨惨戚戚。乍暖还寒时候，最难将息。三杯两盏淡酒，怎敌他、晚来风急？雁过也，正伤心，却是旧时相识。

满地黄花堆积。憔悴损，如今有谁堪摘？守着窗儿，独自怎生得黑？梧桐更兼细雨，到黄昏、点点滴滴。这次第，怎一个愁字了得！

李清照的诗暗含着家园沦落、往事难追的深悲巨痛。晓俊似乎不可能有如此背景下的家国情怀，但无论处于什么时代，人艰不拆，累觉不爱，世事艰难、思想历练、情感煎熬总是人生必将伴随的，从这个意义上说，愁绪和悲切是诗歌的永恒题材。在晓俊的这首诗中既有告别也有重逢，既像友情的追忆又有爱情的伤怀，你可把他所倾情的对象想象成优雅款款的纤纤女子，也可想象成温润如玉的谦谦君子。真相在话头句尾的空白里，你尽可按自己的频率在回旋的腔体里共振出鸣响。只有字眼是可解读的，句子是可言说的，然而这一切的呈现不过只是谜面，说穿了谜底就不是诗歌了，不过诗人从来不做谜语的游戏，他只在浩荡和空灵里表达一种"器"与"物"之外的"形而上"，诗是不能明说的东西，或许这正是诗歌的魅力呢！

口语也可以成为诗的语言，只要它能产生意象和意境，形成共鸣。比如著名的"尿尿体"整篇大白话，没有语言技巧，最后的休止："领导，你尿尿，也尿得这么好。"让你即刻浮现生活中拍马溜须的图景并带给你讽刺世俗的内心体验。还有著名的打油诗："江山一笼统，井上黑窟窿，黄狗身上白，白狗身上肿。"其由全貌而及特写，由颜色而及神态，用语俚俗，通篇白话，而雪的形神跃然。

口语诗比"口号诗"要好，比故作艰深晦涩的诗要好，比那种急切表达，试图使每个句子都嵌入"主题"的诗要好。总之那些物象烦琐、破碎，不能与诗歌镜像相互鉴证而形成诗性与意象的诗，是令人困倦和厌恶的。

由此我觉得诗歌意境与雅驯和俚俗的风格应该没有多大关系。尽管如此，晓俊的诗歌却从不出现粗鄙的句子和寡淡的口语，他沉浸在诗歌王国，追寻着汉语言的雅致，洁身自好几乎到了"吟安一个字，捻断数茎须"的程度。

另一个问题是：当生活图景与思想情感融为一体时就有造就景中有情、情中有景、情景交融的艺术境界的可能，那么如何在物与像、景与情、凝神与物哀里准确地表达出诗性，从而唤醒读者的审美意趣，是我读晓俊诗歌后想得最多的。

随着时代的发展，我相信智能科技一定会在众多优美的诗歌中找出很多必要的共性。就目前来说，我觉得诗歌句子间的内在相关是诗歌产生意境与美感的重要因素。这种相关通常用借代、夸张、移就、拈连的修辞格来完成。举例如下：

"悄悄的我走了，正如我悄悄的来，我挥一挥衣袖，不带走一片云彩。"还有如"软泥上的青荇，油油的在水底招摇"（徐志摩《再别康桥》）这些句子与招手、云彩、水草、金柳、衣袖等构成一组轻盈的物象，每句都有动态"轻盈"的相关。

"当风的彩旗，像一片被缚住的波浪。"（汪曾祺《早春·五首·彩旗》）彩旗与波浪有着在动感形状上的相关，等等。

在现代诗歌的走向里，很多诗人不循章法，摒弃诗歌的基本要素，用浅显的哲理取代意象，用杂糅的表述践踏结构，造成了诗歌乱象。那么晓俊的诗又有着怎样的坚守，其"诗心"何在呢？

在《月光不远》的很多篇章中，晓俊的诗剥离了地域色彩和现实场景，少有叙事和思辨，不刻意表现锐利哲思和拷问、情感殇折和纠缠，他平复着"诗场"的喧闹和绚烂，对"诗化哲学"的路数离经叛道，用铿锵的节奏和纯粹的诗性语言，使诗歌回归到了更宜传诵的"歌"的本质，从而赋予像咏叹、像摇滚的抒情和震撼。我觉得这正是晓俊诗歌与他人作品的不同之处。

诗歌是一个人精神的反映，也是他生活轨迹与生存环境个体经验的诗意映像。荆州是悠久楚文化的发祥地，荆江亘古流淌，古城巍峨耸立，鱼米之乡丰饶富足，这样的文化积淀与自然环境，对土生土长的沙市人有着自带光环、自沉底蕴的辨识度。作为本土诗人，有意或无意，有形或无形中难逃天然的精神养分赋予诗歌的格局、成色和品质，所谓"一方水土养一方人"是也。我想这或许是晓俊诗歌比其他诗人的作品更具浪漫色彩，更具灵性和俊朗的根本原因。

爱尔兰诗人谢默斯·希尼在他的《舌头的管辖》中说："诗

人尊重语言的民主,并以他们声音的高度或他们题材的普遍性来显示他们随时会支持那些怀疑诗歌拥有特殊地位的人,事实是,诗歌有其自身的现实,无论诗人在多大程度上屈服于社会、道德、政治和历史现实的矫正压力,最终都要忠实于艺术活动的要求和承诺。"

正如艾略特在他的《诗的社会功能》中说:"诗人作为诗人对本民族只负有间接义务;而对语言则负有直接义务。"

不要赋予诗歌太多使命。有内心情感的自然流露、恰切贴合的语言组织、机智巧妙的物象勾连,能够激起你内心波澜,使你觉得美妙并为之愉悦的便是好诗。

除了工作,诗歌几乎成了晓俊生活的全部,他是个生而为诗的人。晓俊的诗不是柴薪的火焰,能吞噬毁灭黑暗,却能如热光一样,给人亮和暖。但愿他保持诗语言的华美,突破桎梏,创造出更新的诗歌文本。我相信他会在月光不远处疑窦顿开,在朝露里,迎着晨曦,披一身斑驳的光,走向雾霭,走向更深的诗的丛林。

2022 年 12 月 14 日

月光不远，润泽心田
——《月光不远》再序

陈雨田

初识敖君，是在一次文友聚会上。席间，敖君兴之所至，慷慨吟诵应景诗作，每令座中诸人共鸣，陶醉其间。后来交往愈频，知敖君本属公门，勤于公务之间，席不暇暖，然多年来笔耕不辍，浸于诗道甚深，日作一首，所至有声，硕果累累，实非偶然。其广学之博，坚毅之恒，用心之极，尤感敬佩，亦足为今日青少年之所矜式。

后续以文相会，遂有更多交往。其间，邀请敖君为我们学堂的孩子讲授诗歌，深得孩子们喜欢。短短两小时，他将这种既有节奏又有韵律的文学体裁阐释得深入浅出，不落窠臼，听来毫无枯燥乏味之感。

《毛诗序》曰："诗者，志之所之也。"读敖君之诗，思接千载，心游万仞，足以启迪读者，浚发妙悟灵思。

《礼记·经解》曰："温柔敦厚，诗教也。"读敖君之诗，言辞清隽，含英咀华。其诗如盎然之春风，冰壶之秋月，墨香醉，黯销魂。

欧阳修曾云："诗穷而后工。"感发人心的好诗，往往会从诗人的内心流出。一个自谦"不会写诗的人"只会在星空下、晨光里默默坚持，读敖君之诗，随手拈来，便成沟壑。

好诗不在长，不在繁，在于善于剪裁，善于简洁。简单而有特色，才会有力量。敖君的作品结构精练，甚至有时词语依然非常简单。世上的事情就是这样，越是简单，就越接近真相，就越有力量，越被人们接纳和崇尚。

余以为，诗者，首先体现的是一种精神，一种立场，一种价值观，一种生活方式，然后才是文学。古书有言："凡乐辞曰诗，诗声曰歌。"（刘勰《文心雕龙·乐府》）就其文学性而言，敖君之诗，格调不俗，清雅持守，既有风吟的心动与净化，又有时间、空间、情谊的回环往复，还有"万物静候差遣"的少年心气，以及山河入怀的淋漓酣畅，更不缺少"欲辩忘言"的陶醉自洽。

敖君的诗是写给自己的，敖君的诗也是送人的。

敖君的诗不仅是送人的，他也送给了烟雨荼蘼，繁花盛开，送给了山川草原，送给了溪流大海。

今敖兄大作《月光不远》即将刊印问世，读之者，可温故，可知新，尤以对现代诗情有独钟者，可借此而获得更多感悟与启发。此书出版，敖君以余相交相知，邀为一言之介，不敢固辞，成此短序，谨以报命，外行人语，请方家指正。

目录

秋　冲我轻唤了一声　/　001

欲诉　忽已秋……　/　004

待晚……　/　006

风还是没有停　只想去记得你　/　009

哥　还记得有一个夜晚……　/　012

原因（一）　/　015

素人歌　/　019

曾几何……　/　023

志愿者的方式——献给奋战在社区的志愿者们　/　026

容我……　/　029

不渝之心　/　033

独坐　/　037

我有挚意　只写一段……　/　041

你要写秋　就不能单单只是写秋……　/　044

书的法　/　047

孑然·秋声　/　050

人　在隅中……　/　052

荆城散句 / 055

我在等…… / 056

诗者 / 059

琵琶·醉时分 / 063

我答应过你要写的诗 / 066

等…… / 069

越·中秋 / 071

朤朤 / 074

我和世界…… / 076

九月风吟 / 078

秋的心 她不再一般 / 082

点题 / 087

诗·荷·雨·茶 / 089

诗成无边言水流 / 092

诗的了解 / 094

我居山中 伊人于河洲 / 097

诗为几何（秋风版） / 102

若这烟雨一般…… / 106

七月里的一段 / 109

曾有一首被月色洇透的诗 / 113

凉风随我 善睐低眉 / 116

归的人 / 119

我的诗观 / 122

静·时分 / 126

拂尘记 / 129

风语者 / 131

我…… / 135

诗 为镜…… / 138

青·晓 / 142

一生的诗意 / 145

殊心成全 / 148

月光不远（弯月篇） / 151

击舷歌 / 154

诗·见 / 157

我就住在诗的乡 / 161

每天 给我的诗浇一遍水 / 166

之后 以诗待我 / 170

楚·有几行 / 174

风里的吉他…… / 178

不再 / 182

昆·韵 / 185

允我啊 仅仅以诗之名…… / 188

清江·川流 / 192

一行覆了一行…… / 196

简朴之诗 / 199

归清江 / 203

将以诗 来穿透彼此 / 204

留·未留 / 207

你 不必知道是我 / 210

慕 / 214

静月·定格 / 218

邀月……——写给人中的棋和棋中的人 / 222

诗人 / 225

诗的质——"荷间 我对诗写的一朵回答!" / 228

谜 / 232

《静雨·草堂·东辰》憩之笔记——与陈文东君 / 236

想问…… / 241

心·为粮——以此纪念袁隆平院士辞世一周年（修改版）
/ 246

诗起之地…… / 250

我的六弦琴 4/4拍 轻弹…… / 254

漫过尘缘 / 260

我的门 / 264

懂诗的人 总也写不好诗 / 267

邀你 去一座桃源的小镇走走 / 271

我在人间 四处打听着一首诗的下落 / 276

我依旧相信一条河流 / 280

清和·醉 / 283

每日 我都在指尖为你飞翔一次 / 287

荆城 是我眼里飐的雨 / 290

四月里 我将告诉你一个秘密 / 295

不解梅心毋提笔 / 299

我的诗国 / 301

透过凝望爱着你 / 305

晓·俊 / 308

秋　冲我轻唤了一声

秋
冲我轻唤了一声
可是为何
碧水也竟未瘦
苍山未寒

只是草野间
稍凛的西风悄然惊了绿
我的一首诗
与秋的朝暮里
任霜露随心沾了衣

天幕
于你的眼里湛蓝高远
笼着一片片烟树
碧绿中分明就缀着金黄
可是心绪的层峦

我

把诗意揉碎了

用嵌进霞光的暖色

遥想着

能覆你的城

云

也将漫游过你的窗

可漫天的烟雨

却不着一语

将本是寥寥的秋涂满

我只想

把余生落笔成诗

那会是秋吗

早早地

就被人用微凉的韵脚

唱尽过

这肃穆的悲喜

凉凉

凉凉

不写沧桑

不诉别离

再嵌进去一首诗的平仄

一阕歌的弦音
是旧人旧事的模样

来时的杨柳依依
去时的雨雪霏霏
那些纸上的烟云
往往复复
墨染的流光

秋
冲我轻唤了一声
小心地嘱我
她的心事
自己知道就行了
就不要再四处去告诉别人

自己
想着答案
却不觉又陷进了
另一个答案
……

2022 年 10 月 12 日 5：46

欲诉　忽已秋……

时令渐深秋

倍觉寒意幽

晨听鸟鸣

声啾啾

暮看梧桐杏渐黄

恍然不觉

霜华令白首

夕阳照

重登层楼

已非昨日少年客

愁　已知愁

侄偬马蹄疾

人间未透

夜来风中走

乱步方回眸

心间影

月光诗酬

看尽落花潮带雨

伶仃文字

挚意总不休

月圆缺

叔问星斗

何来涟漪自生纹

眼　凝望眼

枯笔写不够

时光堪瘦……

      2022年11月2日　6：48

  看罢文字，一日又起头，光阴催我，流离之外，携得知音手，月光覆尔，应是涕零明我心，路远无惧，遥遥走……

            7：05

待晚……

兴许来日
抑或是将将
不明的某年某月又某一天
天昏欲雪
而独
亦余生将晚

我自行吟
于光阴两岸的轻桨
暮色盈间
有诗
玉成于月中的阑珊
字也涣漫

犹记
我自素衣
放逐至萧萧蘅皋之岸
天地冥冥
静待纤手雅逸抚琴

有君
会如约而至
与我戚戚之相逢
此刻
有月色与雪在侧
声声鹭鸶
久久于此潜渊而唱

迢迢长路
随心
若留若往
只是有意解佩
以寄沧浪

不悔
一世只能
留下诗卷千行
届时众生
将弃我于滚滚尘寰

也罢
宠辱无关
任相思片片零落日常
顾不得
尘烟在余生辗转

谁会记

似曾相识的顾盼

如初见在人间闪闪

碎碎而亮

总不是

波光泪光的聚散

恍恍然

只蹴就了一场诗的篇章……

2022 年 10 月 31 日　5：28

蘅皋（héng gāo）：意为长有香草的沼泽。

风还是没有停
　　只想去记得你

落叶的行程
从来就没有根蒂
也许
也只是一种也许
飘零的
真的不只是这一程而已

然而
此时的月夜
此际的茶
依旧是当年的微温
多年以后的重逢
是如今的一双冲我伸出的手
仍然告诉着我
现在的你依然温暖

只是更加感恩
还能来得及告诉我

这一路颠沛流离
还有难以预计

穷尽了生涯里的张望
风吹麦浪
也能橘黄摇曳
难以割舍的
就一一地作罢
让他长在了
令人硌得生疼的过去
每一个字
都是粗粗的颗粒
已被嵌在了一首首
昨天到眼下
至今还在呼吸着的诗里

一刻
只因目光太热
一刻
只因冷雨太煞
一刻
只因路途太远
一刻
只因波涛太急

当年的一轮月
依然是照在了天地的明镜间
凝咽的江畔
那一抹恸人的嫣红
还映在
挚爱留下过的天际

路上的滔滔
有的泪
不忍　终是不忍
是一条湍流的河
被白发的人哽咽着
向昨天提起……

2022年10月27日　5:48

哥　还记得有一个夜晚……

还记得
你我一起
当是某生某世的一帧片段
和好多灵魂一起
契阔谈䜩
于一个秋意渐深
酣然的晚上

时令
已静候着冬日
光影终究会变得斑驳
仿佛一晃万年
霜降得悄悄却又恍然

不想去管
这是言辞泛滥的年代
机巧的叙述只是为了某种
无从把握的情绪
虚伪是虚伪者的衣裳

哥

我与你又喝了一碗

是就着月光

而挚意

却在文字的上空飘飘荡荡

此际

山川却静穆依旧

而我们之间

水面辽阔

四野安静而透明

眼睛迷蒙

连一个字也不讲

这一直不变的情谊

只有馨暖抵过凛冽

只有流云擦亮了忧伤

此间可否停顿吧

永恒里

是那些一刻不停的闪回

为何

全都是烙印下的

流着泪的片段

一生竟是何其的短暂

而一首诗啊

一首未完的诗

又会是何等

那样的幸运又漫长……

2022 年 10 月 24 日　6：18

祝：哥哥生日快乐！

7：17

原因（一）

诗
在辞别之后
烟尘与马便渐行渐远了
迤逦而来的
将会是一场雪
漫天的白
将我竭力留下的脚印
渐渐隐没

一日又一日
曾经一刻不停的闪烁
总不是
会被遍地萧瑟
不着痕迹地覆盖了

我写下过的
我对人的承诺
会远也会老
独剩这一一的骨瘦如柴
黑白相间的斑驳

青青而生
繁繁离落
风烟满地游走
仍解不开
飞鸟和鱼的寂寞

这一程深深的疲倦
何处才是最后的归途
读过的人
走过的路
远去的远去
但愿这路上的人
坎坷之后就再无坎坷

恍惚间
一树树枝头的
迎风的歌与文字
就开了花朵
那是一枕月色的梦吗
会艳丽如初
还是将越写越薄

如此一个人的路途
刚落笔又蘸墨

一生悬命
也无对错

独独的一隅
静看这烟光流景
落日长河

抑或
伊人寂寂然
归隐于一卷我的诗里
倚一阕清凉水声
居窗前
欲说

抑或
是飘来的暗香
风一来
又再一次将某些盼望吹落

我越过了众人
依旧自顾自地诉说
其实这也无关
在这所有现实里的执着

如此而已

不必去纠结

在失望与盼望之间

等下一个黎明

我只愿啊

愿你若能再读我

落泪啊

或是在展颜

只是不想在你阅尽之后

对我说

簌簌的秋野

依旧

还是起初冰冷的沉默……

2022 年 10 月 22 日 6：48

　　写诗的原因算是回答,也许算是提问。而你要等,等到后来,你和众人才会知道,我写的诗歌是为了将来的誓言,留给现在的你看!……

6：54

素人歌

半依星光
半依清雪
文字零落
径自飘散
恍然不知
冬夜梦长
君似昨日
潇潇风雨
本是一般
何来无常
换作清卷
人间慨叹
薄酒冷裘
身沉过往
日日涂诗
自觉一段
人不寻常
诗怎寻常
提笔直书

浮浅留白
孤灯对影
更深达旦
书间吟得
倾心模样
一颦一笑
恍惚昨日
君自云来
三三两两
纸上无眠
相遂所念
欲诉此意
悠忽茫然
冷屏将息
此心绪繁
对望迢迢
几成追忆
锦瑟幽弦
各自无端
奈何穷技
欲说千万
醉后徒剩
秃诗几行
殊途归来
前尘陌上

生涩乡音
起头仓皇
遥遥望月
露重新霜
黑白纷纷
伶仃独唱
沉沉浮浮
衣轻觉寒
拾笔掌灯
更漏将残
自问何如
伫愁不断
不言憔悴
重提思量
今又举杯
欣不言叹
新知旧识
对长亭晚
月照来径
皓影梅香
归来非来
惘去非去
回忆非忆
难忘非忘
万千过往

徒作浮生

心间只留

素人端庄……

2022年10月18日 6：48

曾几何……

曾几何
见有人摇橹
是往我的白发深处摇橹
去往了
澄黄之后的冬天
一江东流
时不时只有
空空的几声在留恋回荡

曾几何
也有冰魂覆满了窗棂
清冷的月光
还照耀着
我写下的三万句
好多好多啊
不为人知的诗行

曾几何
我和君的相约

是隽秀的韵脚
抑或是孤独的篇章
头顶一片遗世独立的天穹
喝下了几斛秋风
就倚在江畔

曾几何
我的一笔横过
是遥渺的连绵苍山
织就一片江湖的清歌琳琅
在笔触里
倾尽了所有的热望

曾几何
我站在时光的岸边
安静凝望
清秋的旷野
芒草和流云肆意地生长
好多的挚意
一直就这样绵绵不断

曾几何
我的爱慕
是在纸上一路飞奔
在平与仄中翩翩地起舞

丹枫与白露
就又赋了一首
被放在了暖调的时节吟唱

曾几何
我有些怯怯地
推开了一扇月下的门
思忖着
以我的所能
也只讲得了月光里的一半
而剩下的
也许是冥冥的命里注定
一诗未完
是由你来圆满……

2022 年 10 月 16 日　8：12

曾几何，好像我早就与你见过，惺惺又惺惺，只是原因不详……

8：16

志愿者的方式
——献给奋战在社区的志愿者们

一声令下
迅速
在人群里集结
在不安的注视间起步
穿着志愿者的红背心
急促的心跳
淋漓的汗水
在坚持和妥协之间
顷刻的当口
就与另一个踟蹰的自己对峙

长长的路
就在乌云密布的那里
有些牺牲
还有些舍弃
唯有毅然地向前
才是不需解释的解释

对生命的理解
本来
就是一场酣畅的奔跑啊
去勇敢地献出自己
才是他真正的本质

此刻啊
容我在一首诗里安静
轻轻地屏住呼吸
此刻万籁安寂
在驻守着的帐篷边上
仰望星空
守望着所有人
守望着疫情结束
在这个秋天
盼望着
盼望着
在淳厚丰收的时候啊
一切啊
一切都会有着
带泪的幸福的开始

隐约看见
黑发的自己
还有白发的自己

在现实与梦境里的笑泪交织

那一刻忽然

竟忘却了饱含着的内容

而那一刻的时间

却早已

如此融融地静止

志愿者啊

志愿者

你对一切微笑的时候

一切最后

也将会对着你倾心地微笑

毕竟啊毕竟

对着太阳和月亮的热爱

我们有着属于自己

最为独特的方式……

作于 2020 年 3 月 5 日　6：40

修改于 2022 年 10 月 10 日　6：48

等到山川和海洋相互倚靠……

其实

我们只需要等一个破晓……

容我……

容我
就如此随性而又自由
对周遭与心
还是向来酣畅地表达
不必再去拿捏什么
莫名的情绪

容我
想沉默时
就倚在这世界的一隅
落泪和静默
而不是言不由衷
空洞地去望向天空
说着什么
与你毫不相干的话题

容我
离开那些纷繁与纠葛
此生的沙漏

冷酷得
一去就再也不能回头
只要我能有星际之外的运气
能遇见与我相偕
在那一片芸芸诗间的你

雨落不落
雾散不散
月圆不圆
花败不败
与好多字的铺垫与晕染
那又会有什么
必然的联系

只要我悲伤的时候
归鸿会常常恸心
只要我沮丧的时刻
露珠也一一低垂
哪怕我只能
用尽自己最后的一丝力气
向着善意招了招手
你也会觉得
那些都是
这迢迢坎坷里的相依

容我
执手云间
容我
此生投契

一瞬
只源于一盏灯
熠熠而明的昭示
一心
只源于一个愿
绵绵不已的衷意
一切
只源于一条路
欣欣向上的期待
一眼
只源于一首诗
清清朴拙的欢喜……

2022年10月08日 8:01

（昨夜执勤至十二点，又今早六点，在社区参加紧急会议……所以，有些晚！致歉！）

容我
趁着天光

写完这一首诗吧

再与你

辞别……

　　　　　　　　　　　　　　　　　　　　　8：02

不渝之心

十月六日
朔风吹遍荆的城
拂着愈来愈冰冷的脸
骤降的温度
灰蒙蒙的天空
还有剩下了一地
背影佝偻着的凋零

我还在
不管不顾地写诗
也许在将来的某一天
世上的人终会明了
我也不再惭愧地
以诗的样子
去告诉众人
我为何每天总是
还在做着同样一件事情

这一首诗的最后
其实也是由你自己
亲自来共同完成
给将来的某些消息
我把她藏在了
满街飞落的瑟瑟里
流云都变成了雨
文化宫路
直至今晨窗前的灯
终是泄露真心的眼睛

我
走在街中
隐没在陌生的人群
却还没有寻到
心底
那个还如月一般的人
我想写出来那个久远的
但却还没有发生过的故事
青石巷的深处
是便河痴心的淡泊
是沙市瘦骨的嶙峋

夜色帷幕低垂
枯枝的梧桐

几日之前也曾有
刚刚鼎沸过的纷纷

多少年了
是隐秘着的美
是胸口阵阵的痛
还是供人于世
治愈况然沧桑的药引

我离去的黑发提示我
那些记忆
总是越来越稀疏
我摸索着
自顾自地写下了那么多作品
记不记得清

漏风的概括
是为了给将来与刚刚
在某日未临前
那双早已不记事的眼睛
做个补充说明

最后处的概括
我也不过只是写下了
这一首诗

惭愧的是不能有一个

最为妥帖的题目

与她命名

只能在那些

依旧空白的结尾

赧颜地去告诉读者

我写下的诗

将以我的不渝之心

——封印……

       2022年10月6日 7：48

我的读者

其实我想说

我的记录

并不是为了浮现

而是为了某些铭刻的永存……

       7：58

淡沲（dàn duò）：明净之意。

独坐

独坐
坐在几行黎明间的文字里
此际不用再去考虑
春深　檀溪　江枫　香签
与自己的关系
有一个醇香的理由
一路前来
她正在穿云破雨

独坐
坐在窗前
坐在还没有铺展开的
冬月的枯叶
碎碎的鸟鸣
啾喁一般的情节里
听着逝去的叹息

独坐
坐于青石的路阶

坐在人耳许久
一对盲人夫妻寥寥且哀哀的
一首江河水的曲子里
我是你的今生
抑或是
你是我的过去

独坐
坐在河畔廊道
坐看着相挽的手臂
也注定着相扶
一边呵护又入心的倚靠里
自己隐约挽着的
是另一个
也是白发皑皑的自己

独坐
坐在人海
坐在好多的叮嘱与关切里
坐在一个人
无时不在望向我的
那一双期切依旧的眼眸里
虽是半盏清茶
却溢满了此生的情意

独坐

坐在诗里

本来就一直

坐在源源而来的善

和往后那些浅白的表达里

未曾谢过这周遭

赴我一起

竟是好多的给予

独坐

不必回应众人的质疑

即便微弱的光

也一定能将穿透

那些沉压又厚重的云系

打动人的会不会

还是那些泪眼模糊的字迹

独坐

洁白　皓白　清白

这愈深又愈深的秋啊

渐渐地

自天地泛了开来

几许流淌汨汨

几许倾心欲诉

　　不由得越来越绵密……

2022 年 10 月 5 日　8：08

　　我独坐一隅，刚刚写好了一首诗，羞怯地想去送给你，写得也不好，希望你不要嫌弃。天，此时又下起了雨……

8：16

我有挚意　只写一段……

秋意心上
诗向云端
几许感喟
深情如常
自春出萌
临夏盛放
暮冬之前
于秋咏叹
生涯难得
一程陪伴
时光短短
牵念长长
秋飕渐浓
朔风愈寒
我有情寄
灯下轩窗
尘无彻彻
岂有满满
一份心念

此际遥想
日日摹句
霞光理想
相思点点
赠你珍藏
尘间一枝
空谷幽兰
为我不为
孤独芬芳
梅开偏隅
清静流淌
不愠不火
心可涵养
水滴顽石
遇阻顽强
不疾不徐
辽远清张
人海尘寰
流年忘返
卿在眼里
倾心模样
时光逝却
珍存过往
素心无瑕
淡泊留芳

诗间情真

渊静流长

我有挚意

只写一段

于你秋际

四野飘香……

2022年10月3日 7:36

你要写秋
就不能单单只是写秋……

你要写秋

就不能单单只是写秋

要写落叶的纷纷

一江的瑟瑟

却盛满了

滔滔东流的无尽离愁

你要写秋

就不能单单只是写秋

要写人生躲不过的

好多生涯里的寂寞渡口

还有伊人在侧

分不清是云端还是彼岸

莲花一般的杳杳兰舟

你要写秋

就不能单单只是写秋

要写红藕香残

白发缭缭

竟年事未休
青葱峰下忽已暮雪
烟水奈何徒徒空流

你要写秋
就不能单单只是写秋
写斜阳外一斛美酒
写尘间的梦
从关山一梦到西洲
写前尘的往事
竟有人在一盏灯下
也会一夜白头

你要写秋
就不能单单只是写秋
前人的影子
一道堪比又一道清瘦
再问一遍
青天明月几时有
何故无言
却仍独上西楼
昨夜西风凋碧树
天地的沙鸥
至此就失了温柔

你要写秋

就不能单单只是写秋

秋声里

一路过了好多关口

还有好多的关口

有人还在原地等候

有人却噙泪冲你挥着手

你要写秋

就不能单单只是写秋

毕竟

秋里的月光

把这世间的一场啊

照得愈来愈通透

你要写秋

就不能单单只是写秋……

2022年9月26日 7：08

作于荆州·监利红城

书的法

以柔开始的天地用意
以逸结束的万物渺然
以白计入黑的无边疆土
以虚表述实的訇然归处

屏息
凝神
观照
静听

唯纤毫才可传达
唯绵韧才可润柔
唯松烟才可通透
在天地间
伫立了三万年
只为闻一粒雪
静谧地落下

有别于松涛

有别于莺啼

有别于雁阵

有别于渔歌

听不到千百的感恩

便不可以接纳

听不到松石的狭隘

便不可以包容

听不到空山的人语

便不可以意识

听不到禅院的钟声

便不可以放空

以万千的准备

去契入一颗本真的魂

然后

一点　一横

一撇　一捺

然后

运笔使转

计白为黑

然后

奔突如履
一气呵成
然后
幻化若雪
字里观真
然后
悬在虚空
悬在门的深处

等啊
等陇上翠烟里种菊的人
等啊
等江海归来
一颗泊岸许久的心……

2022年9月28日 05:28

  书法之法,喻之万千。浅陋表达,未尽其意,但仍尝记之,心画舒缓。恳望诸师不吝,批评指正。

  为感!……

于晨

孑然·秋声

岁近素商天近暮
孑然檐下涕秋声
纵有心胸三千句
一诗未成何推门
听得丝雨千弦瑟
半卷凉飑万手筝
忽有萧瑟北方来
问人可有善暖存
窃窃寒蝉鸣韵境
树树枫红耀俗尘
啾啾南雁翼西风
洇洇池塘卷旧纹
秋声秋色秋醴浓
自心自意自情深
庸里奔波寻常事
月光不远总近人……

2022年9月27日 7:18

素商：秋季。《礼记·月令》孟、仲、季三秋皆云"其音商"。又五行以金配秋，其色尚白，故称秋为素商。

凉飔（sī）：指凉风。

人　在隅中……

值壬寅年
八月
澄黄遍地既望
却风来云涌
冷清寂寂萧瑟
人何端端
却只在一隅中

人　在隅中
见秋雨簌簌而落
枯坐
伶仃对窗
清酌
了无相约
构诗
亦凝滞不动

人　在隅中
遂邀同好开轩以赏雨

但见博峰隐匿

氤氲覆然

山色空蒙

诗

为何不是具体

檐前滴雨

树上清露

风摇雨斜

涓流成溪

滞居低云高楼

好一世水墨妆浓

阴晴月缺矣

昨日赏月

今日幸又赏雨

彼时月在窗外

人在楼上

今之世界淋漓以观我

神静引着心动

而此时

心早在楼外

神游于冥冥秋雨

天地畅达

幸得竟不觉

人

何会只在一隅中……

2022年9月26日 7:08

荆城散句

韶光五十随荆城
日日涂诗未枯笔
宵小妄言篇难成
文存良善迎风起
自古楚域雄文在
岂随大江东流去
垣墙斑驳诉过往
仁德礼智忠信义
章台铁枝梅已悟
惊梦子鸦何处息
寂寂箫声引归人
未名枯叶落无栖
相看便河拂柳云
春秋阁前衷心记
清风惠我有余欢
我惠清风无悲喜
风起诗成三万首
我心我血思魂句
……

2022年9月25日 7：28

我在等……

我在等
与你相逢的一段

我在等
从播种的出发
到拔节　孕穗　分蘖　灌浆
田野的将来
到处都会是欣欣的生长
一首诗
在人的心里
终归是种下了希望

我在等
等到终有一个特别的夜晚
那时的长夜安静
广场空旷
只听得见一首诗
她有着徐徐漫步的声音
还有着浅蓝色的裙裾

再也不会
如轻纱一般地飘散

我在等
等到一阵风来
起自斑斓的云端
每一句诗语
都会把人的心点亮
不必再去回答
那么多无聊的问题
不去费心地考虑
题材　结构　断句　修辞　语感
诗啊
到底都会是醉心的模样

我在等
等一段干涸的河床
下一场的涨水
如同在月光里
等一场欢宴
诗里的时节啊
很久
如一个季节般漫长
直到一夜的春风
绿了河滩

我在等

诗心的恬然

等河里有了月亮

会与街灯一样明亮

它映进了

常春藤下的小窗

缓缓

等我把浓情

去注满干涸的酒杯

只是对饮

那投契的眼神

会与春风一样悠长

我在等

就这样等着

好多的明明啊

不再凛冽

万千都已变暖……

2022年9月24日 7：48

我是写诗的人,可诗却告诉我,要等……
(您的想法呢？能告诉我吗？)

7：54

诗者

远远　远远
有人就听见诗者的歌
长街长
烟花繁
好多的起起落落

听说
有人见到了诗者
抱着七弦琴
倚进了几卷凉凉的月色
如此
一直对着人间
自顾自地唱着歌

看到他的人
记得也罢
若忘掉了也可
走了三万里
脚也不惜
早早已全都磨破

仰望着须弥
径自越过了冷漠
便能容纳了好多好多
诗写了一行
就成全了一个你
诗又写了一行
就包容了一个我

眼前
横亘着无数条河
只有一副简简的行囊
一路波折的脚印
和一个彳亍的奔波者

跋涉之后还是跋涉
诗者
没有礼物
他所有的
全然都会献给你啊
他看见的
他忘却的
他希望的
他受过伤的
他还没有愈合的
一切的灿烂与斑驳

总会有不合时宜的一天
于朝日与夕烟的渡口
没有船了
亦没有了明明灭灭的灯火
眼前全是碌碌
争渡的穿梭

一首诗
就是一条奔腾的洪流
握的手
淌的泪
善睐的人总会记得
生活
终究会向暮色坦白了生活

拥着困厄
也毫不在意
步履蹒跚
诗者
却一直欣欣于色

在水一方
岸芷汀兰
君自漂流啊
也会于这漫天的喧嚣
偶尔　偶尔

恋恋着停泊

诗者啊
日日矗立在尘埃
可是她终会
消逝在你眼中的尽头

诗者说
只要人去认真地
曾拥抱过
一首诗就好了
终会明了
尘嚣之外的值得
请不必去记得
谁是我

诗
都会留在世上啊
诗者
却随风隐没……

2022年9月21日 6：18

某一天，我向暮色要了一块岩石的背影，陪着我……

6：48

琵琶·醉时分

引
随正韵
便徐徐步入
推挽夹弹

心
早早出尘

琵琶弦上语无声
芳蔻梢头眼前人

揉开急弦
缭转泛音
已酽开了一壶
微醺黄昏

星子袅袅起
暮色落落沉

人间长夜温润
举目点点灯

寒江停舟
皓然月升
句句浓词亦推不开
字浅情深

花钿眉间
丹朱素笺
两三页怅惘见证

旋絮世上微荡
意可凭寄
何处落无痕

行也诗萦
卧也诗萦
念也诗萦
醉也诗萦

缭缭忘
物华轻尘

灯火烬

烟花冷

一分梦

九分真……

2022 年 9 月 19 日　5：48

正韵：琵琶曲的主韵。

推挽夹弹：琵琶的演奏技法。

我答应过你要写的诗

我真的不想去管
写下一首诗
会有什么特别的意义
但我答应过你要去写的诗

我清楚地知道
我的一首诗
面对那些人群里的赞美
而你却告诉我

我没有写出那些
悲伤的泪
委屈的汗
奉献的血
高昂的旗
还有炽烈的　雄浑的　醇厚的
魂魄遒劲的情绪

我答应过你要写的诗
不会是望不到边的等待
那是白发
耗尽心血的托举
面对一双双清澈的眼睛
那些微茫里的请求
既然允诺了
就应该去用上
自己全部的气力

我答应过你要写的诗
继续
继续
做着一个诚恳的人
说着真心的话
用最朴素的纸笔
不是炫耀技巧
不再故弄玄虚
只想写下好多感动
以泪灼心的诗句

我答应过你要写的诗
重要的
真的不是开始
哪怕是
一根枯草编成的戒指

轻轻地套在一个人的无名指上
也是啊
也终是我忠贞一世的证据

我答应过你要写的诗
也许后来仍是没有掌声
就连诗句
也枯燥乏味平淡无奇

可那又怎样
诗句不过是个符号而已
而我只想着
去奔向你
只想着月光不远
黯黯里还有灯亮着
一束火焰啊
是清澈的昭示
只见它日日如此
却经久不熄……

2022 年 9 月 16 日　6：27

　　善者，吾善之；不善者，吾亦善之；德善。信者，吾信之；不信者，吾亦信之；德信。……
　　德、善如此，吾追韶光，亦追先贤！

7：02

等……

等
等三月的莺时
等云岫也变成了诗
晕开眼前
一一次第明亮的往事

等
香雪悄悄融尽
到那时
花也会漫开于世
那盈盈的春水
渐渐没入了解冻的城池

不明
为何我还笃信
有一段香息定是为诺前来
而我
仍还等在原地
相遇经年

终是这世间最好的事

等
归燕来时
会衔香一枝
将戚戚地赠予了故识

像春草生时
漫漫摇曳的心事
流水远远
而万千却无语
总是如昨般周而复始

那万千盛开中
会有一朵啊
她是涉水而来
羞怯地向风
问起过一个人的名字……

2022年9月14日 7：08

越·中秋

神思之谓也。文之思也,其神远矣。故寂然凝虑,思接千载,悄焉动容,视通万里;吟咏之间,吐纳珠玉之声;眉睫之前,卷舒风云之色:其思理之致乎……
——文心雕龙·神思第二十六

人至淡境
月过中秋
霜色低眉
夜醇如酒
我问情深
有君知否
人间无数
何以悠悠
不舍痴缠
萦绕心头
有诗前来
痴心以候
问我何以

仓促白首
诚不欺我
不置可否
涂诗日日
无求何谋
我把几行
付与眼眸
月光不远
彼此同酬
不谈虚浮
淳真唯有
划过寂静
无边醇厚
秋在心上
诗在云端
待你静里
蓦然回首
我有诗篇
横波明眸
你存祈愿
温良牵手
诗亦载道
芬芳长远
时令渐寒
落叶知秋

待到来年
春风满袖
芳华重在
人生依旧
旅途旷远
春水东流
参商不见
亘古未朽
欢喜世间
不许忧愁
故事未完
情深不寿
人言秋肃
诗我静守
心间眉上
不止纤柔……

2022年9月13日 6:55

朤朤

月中秋
秋中月
不忘与君携手
当年涉水过星河
桂香阵阵
就此
掠过人间千万朵

良辰如是
转身忽失
人影真切何来惶惑

如今的月
当初的袖
我居诗雨檐下
你在落霞阡陌
各自
听风
席坐

山水相识
故人去
一条江是朗月
千层山是离歌

烟尘盖过世间事
不问相思成痴
梦碎蹉跎
哪怕凝成诗一句
菀的你
真的我

月色
终已漫过生活
朤朤　朤朤
不负
与君惺惺共吟过……

2022 年 9 月 11 日　6：48

朤（lǎng）：意为清晰、明亮。

我和世界……

我和这个世界
不是那么熟
这并非
是我独自呓语的原因
我依旧
有缓缓流淌的问题
问润雨的南方
问凋敝的故里
问叶子的希望
问眼神的距离

我和这个世界
不是那么熟
这并非
是我每天写诗的原因
我依旧有
滚烫沸腾的热情
给猝然的分开
给终点的死亡

给恍然的昨天
给蕴含的安寂

我和这个世界
不是那么熟
这并非
是我流下热泪的原因
我依旧有很多坦率
那些是将以己奉献的真诚

诗
就写到了这里
我想着
答案和问题都在以上吧

离不开
放不下
走下去
爱得起……

2022年9月8日 7：01

写于一个叫作"桃源"的小镇，天此时开始亮了……

7：02

九月风吟

九月风吟
自菊黄　叶落　残阳
声声的七弦
随按音　散音　泛音
是徐徐而来的
那秋里的淳
便是一曲一曲地深了
雁
往南行

九月风吟
于所有的眼中
都生长着焰焰的枫红
璨璨菊黄
这次第
山河滚滚醉人
这次第
草木骊歌油然四起
吟唱着

渐渐远去的壮丽与凋零

九月风吟
清秋哟清秋
目不及
这高远又更高的远
苍穹下
落木　流水
莽苍于青天浩大
遂起兴
踏一卷西风
清歌走马
风声里恍惚
却游动着
倾泻而下的琴声
轻诉着山虚水深的悯事
刚回首
却已老成隔世黄花
人未归来
每一声都是君的声
你啊
你还听不听

九月风吟
眼泪破碎

故事也陈旧
只是幽思
在昨日的诗句里沉默
挑起寂寞的星辰
秋声间
是古雅的江南
逶迤的青山
千帐灯
九月的离落皆是深情

九月风吟
君
可以沿一束束花的香气
叩访曾去往某个春天的旧址
纸上秋霜落叶
若轻吻这一朵回忆
便有月光
如水般漫延
而忧伤亦如愁雨飘落
轻轻而下
冉冉却升
亦可倚着字里南山
在我的一首首的字里行间
归隐

九月无所有
微微不辞盈
但闻诗的心
簌簌风里吟
……

      2022年9月3日 7:16

"文者，贯道之器也……"

          7:18

秋的心　她不再一般

一路

竟不知不觉

经过了好多的站

望着窗外

有的零落

有的盛放

叶的叮咛还是在簌簌地响

不去管时间她允不允许

我把琐碎的几句

那是属于自己的吟唱

就自作主张地

托付给了

这短短的黎明和夜晚

如此一路地

走啊走

不再去介意

今的诗　昨的字
她们彼此会相看茫茫的眼光

人
也就只这一趟
纷纷的星辉
不小心
从最贴身的荷包里面
一点点地漏下
如此算不算
就轻易地放过了忧伤

放下一卷
干瘪和枯燥
只依稀记得邂逅过一个眼神
是对我最为特别的凝望
里面有光

和月色挥了挥手
我这就去迎向朝阳
问她可曾见过
那些誓言的模样
就在
我凝望你的刚刚

有泪的笑容

是笑容背后的笑容

透过撑伞的背影

这秋雨会一直缠绵

但再也不会那么牵强

其实流淌

本来就是

万物最美的姿态

水不曾转过

只是山

还在心里

一刻不停地转

置身一处

自有一处的感怀

不必还有太多的盼望

去　就径直地去

停　就静静地于一隅

倚在

曾是萦绕过的臂弯

其实这一切本来
自然而然

云的特别
但是看在风的眼里
都是平常

我听见还有人
依旧
在饮着沧桑
一刻不停日日地唱

也有着脚步的漠然
也有着眼睛的喜欢

从这首诗的第一句读起
如果你也坚持着
读到了这最后一行
那么好吧

潺潺的善良
是最后的真相

时间会淹没了往常
但初秋的世界
却不会是热烈的从前了
你的心
本不再一般
……

2022年9月2日 5：48

　　写下了上面的文字，期盼着，能遇上明了她的眼光……

7：08

点题

将乘
一叶小舲
近江心
会听见无尘的世界
花的零落
竟也悄无声息

重温
一盅不惑
去轻轻问这天地
滔滔红尘
独独不见相亲
缘何
有这迢迢的因果来去

又饮
一盏云华
可悟到一众的有意无意
一日将息
仍衾边无梦

撰谱撩琴
咀诗抚棋
又等
一日的波澜再起

续写
一首剖白
日日就等在月边
重逢或是邂逅
秋露凉凉
总不见轻纱的你

临摹
一朵星云
遥见光阴裁着旧锦
千事万事
青苍云翳
俱往矣

一行行字里的茫茫
穿心而过
独独
还是被清新的一笔
点题……

2022年9月1日 6:48

诗·荷·雨·茶

浅秋安好
煮茶沁香
一缕清风
细雨邀凉
相辞夏炎
浮生片段
卷牒犹记
芙蓉款款
不蔓不枝
濯立于央
恬恬婉约
眉间心上
情深不寿
世间长短
幸得混沌
诗幽以偿
苏子当年
荷尽已无
擎雨如盖

残倒何妨
粉荷盛菊
徐徐如席
浅秋安好
流水时光
人海不过
沁香一段
光阴温柔
清眸相看
心无纤尘
氤茶缓缓
不慕滟绝
绽放平淡
秋衷诚意
浮沉舒展
余香缭绕
清浅如常
最是怡人
心事轻煮
余味无尽
当时惘然
潇潇风过
得失皆忘
将诉未诉
都付巧盏

诗荷雨茶
初苦回甘
况味几许
缕缕沁香
静谧一分
尘嚣千般
醉笑三千
一场淡然……

2022 年 8 月 30 日 6：58

诗成无边言水流

……
提笔惶恐苦寻觅
人在案前清灯后
日日留存碎碎句
慰尔入眼纷纷眸
我以朝曦漫为题
作别东窗稀星斗
鸟鸣十方仍无解
人行万里可知愁
云下稚子刚问道
深浅浓淡岂知否
支吾懵懂作狂文
清云逍遥何轻舟
三两知己醺闲谈
一盏清茶魂胜酒
空寺月下闻敲门
竹篱柴扉剪春韭
江南雨巷存纸伞
有意濛濛方邂逅
春意盎然寻芳问

秋高气远畅登楼
醉里挑灯看纤毫
知否绿肥红亦瘦
共君一醉一陶然
更待菊黄家酝熟
月光亭亭翩然现
真淳绵绵总不休
唏嘘慨叹意涟涟
不改为爱常执拗
字里星光闪烁处
行间粲然存锦绣
一诗怎敌空万卷
慷慨欣然又从头
小字许我潇潇行
我诺潺潺共白首
将心问莲莲不语
诗成无边言水流
……

2022年8月28日 06：55

当你和一个人
相处得很舒服时
就说明对方的阅历和情商
远在你之上……

——杨绛

诗的了解

我想告诉你的
请别忘记了
在月光不远的地方
推开门后
是一个神与物游的世界

一颗心
于黎明里的惦念
怎么会被眼睛
形容成
一轮无瑕的皎洁
不会被人
误以为
淳真的善意远了一些

还有
那些未知的雪
又是如何
被期待和满足

装点成刚刚相逢
又再一次的
是依依不舍的离别

花的颜色
是对缄默
而想表白的象征
还是她此刻
是最年轻的样子啊
又怎么会带着
淡淡的离别
她曾向你
呈现过生与活的一切

所谓
将将入神的刹那
落笔之后
是从渐白的发
还是一直要去兑现的诺言
手会不会
就停在了半空
沧浪又怎么此去书写

最后
一直啊

一直到那个人
在我的面前
脸上泛起了微笑
越过了日常
明媚灿烂
又满山遍野

慢慢地
慢慢地
我才敢对无尽的星河
仍忐忑地说
开始对一首诗
有了些
真切的了解……

2022 年 8 月 27 日 6：48

　　今天仍要再次向读者奉上我的作品《诗的了解》，有些话还是想着，朝望向我的人们再去说一次……
　　那些虔诚的、那些真实的、那些善良的、那些美好的、那些博雅的、那些悲悯的、那些孤愤的、那些衷诉的诗歌作品，又岂是任由宵小妄想的、妄写的、妄评的、妄传的……诗映巍巍，而后则熠熠古今！
　　——我所坚持的和想留下的点滴诗观

7：16

我居山中　伊人于河洲

我居山中
居于青森了了的山中
伊人在河洲
在兹
茵也澈澈的河洲

我居山中
伊人于河洲

河洲之水顺流
本来就没有端倪
只是伊人
日日时时
皆是淙溪
皆是流瀑
闪烁于我的山中

我居山中
伊人于河洲

用青枝
或用藤蔓的方式
写下
伊人的名字真难
倒不是
因为笔画烦琐
只是写下名字的时候
须蘸上四分
初春盈盈而至的芳菲
还要点缀三分
渐渐秋浓的月色
就着两分微醺
还有一分莞尔的眉眼
才会妥帖与放心

我居山中
伊人于河洲

一袭无由
三两莺鸣
清清雅雅
就着芳馥的韵
于是天地
就遍落了满庭的白

弦起
便起于河之洲
与天地
全然地四时呼应

我居山中
伊人于河洲

不浓不淡的
这将竟未竟的往事啊
后来
全部的种种
就都被听与了未满的弦月
偶有几丝微风
会吹动远去的裙裾
那是啊
荡漾而开的悦的金纱

我居山中
伊人在河洲

伊人
用木槿的叶子
刚刚洗就
那满头乌黑的长发

山中便徐闻
那淡淡的　清心的
有幽谷
芝兰的味道

我居山中
伊人于河洲

抑或是
仰望一轮皓皓的圆满
那静谧的一侧
有一泓回忆
好多曾经
正好映在里面
就在静的往昔里
对着过往与将来倾听

我居山中
伊人于河洲

我只是愣愣地
立在当场
立在渐浓的祈盼里
依稀地望见
伊人

披着一身的洁白
是浪花
与山中的诗
不语
却相偕在了一起

我居山中
伊人于河洲

月　清夜临东山哟
水　绵绵无尽流……

2022 年 8 月 26 日　5：48

诗为几何（秋风版）

此生有涯
忽然而过
珠玉当前
闪烁其间
万般似道
诗为几何

五光十色
诗为几何

妄迹而逐
诗为几何

贾雨村言
诗为几何

言出之肆
诗为几何

诗为几何
光阴漫溯

伟岸先哲
简简文字
隽永深刻

诗为几何
琴幽旋律
棋玄莫测
书法达观
画润妙色

诗为几何
山峰巍峨
水远情多
天宇博大
地阔厚德

诗为几何
古时平仄
今世唱和
东方含韵
西域史歌

诗为几何
大漠孤烟
江南秀色
林莽耸立

荒原辽阔

诗为几何
草英菁菁
朗润菏泽
溪流蜿蜒
山川巍峨

诗为几何
春岸绿波
夏蓉芳泽
秋日硕果
冬野雪国

诗为几何
奇秀旷远
神思求索
星光浩瀚
熠熠闪烁

诗为几何
惠风十里
有花灼灼
字浅渊深
端端于我

诗为几何
清澈境地
遍地璎珞
再问周遭
四野沉默

诗为几何
予你感怀
清风惠泽
渌渌甘泉
心间淌过

诗为几何
思绪千种
无语言说
以己托付
赤诚灼热

诗为几何
朗月高悬
我又跋涉
此心光明
山河万朵
……

2022年8月25日 6:08

若这烟雨一般……

能有几许晚风中的停留
还有多少的星辉
端端　端端
映照在了李白的诗上
人
都徐徐地走了
月色也徐徐
影子们
纷染了一地白色的光
花过篱笆无人近
有簌簌的秋声
被善的耳
听着涟漪中的池塘

尘烟的新
故事的旧
我砌在半山腰的庐
将用完那些日子里的每一块砖
虽然有些破旧

有些局促
但是
她一定会朝阳

我
燃起了一堆诗
又将心里的篝火添了柴
遥想着
能不能在将至的冬天
给随我一起的人
在尘间取暖

浪漫的最后
也不是浪漫最终的本意
一蓑烟雨
芒鞋竹杖
答案是那样的真实
清泪却是抽象

我把那些字里的念想
变成了琥珀上的一滴清泪
被时光去斑驳地雕琢
也雕琢闪耀的时光

也许我终不能

向所有的人

去表达善意全部的内涵

请你记得我吧

也请你去忘掉我吧

我的诗

被满身尘埃的人经过就好

若这烟雨一般……

2022 年 8 月 24 日　7：18

七月里的一段

谢谢时光的宽容
没有经过将来的允许
我擅自
就把与你的时光
如此
就裁成了一段一段

一段从前
一段远方
一段携手
一段独往

一段
是就着尘世间的安然
循着从容尔雅
弄影起舞
拥着腰身纤柔的月光

一段
是不忘渐浓的薄暮

会悠悠萦绕着
往事里起伏的山川
也涌入恬然
也激起感慨飘荡

一段
是自己依旧独行的山道
也听不见
好多坷岩的责难
还是去决绝地向上
只有自己去秉着孤勇
才能使自己
成为洞穿黑暗的那一束光

一段
是白发的先人
仅仅就留下了一句叮咛
陪着我
这漫漫的孤独啊
将此生的眷恋
轻弹在这满是诗句的纸上
婉转成一缕缕
灵秀的风
或飘荡在前世那片桃林
忧愁喜欢

都是最美的胜意
一处幽芳
万般清凉

一段
是隔着悠悠近水的岸
一轮明月
正照着你我梦里的人
一半在梦里
一半又在梦外
衣冠似雪
发髻沁香
清风
会吹过七月里的莲塘
濯濯独立
窈窕盛放

一段
接着又是一段

会是春月里的早樱吗
会是夏月里的栀子吗
会是秋月里的色堇吗
会是冬月里的风信吗

如果只有这一段呢
如果只留这一段呢

一段
一段
见她们都在时光里纷纷
纷纷于熟悉又陌生

我把我的留言
过去的
以及即将的
去写成了七月里的一段

以上……

2022年8月21日 7：18

曾有一首被月色洇透的诗

我望向人们消逝的方向
祈愿着他们
在散去的路上
能看见
曾有一首被月色洇透的诗

总不是
被热血洞穿了身体
泪水漫过了月光
日子啊
匆匆穿过了我们
头也不回
径直地奔向了星辰
无所不至

我仍在原地
我仍在与子相牵
伊始之地
透过了那些质疑的目光

去做了一件
和时间无关的事

不知道
是从什么时候开始
忐忑地出发
落下的第一笔
就一直想着
隐隐约约
该是清清澈澈的样子

那些自省
那些幽思
那些慨叹
那些相识

也许啊
将来会告诉了曾经
如果所有的热爱
是为了一场梦的开始
那么开始以后
就再也不曾有过停止

如果
你也在尘埃里遇见

邂逅过的人
会因说中了心事
唏嘘亦会垂泪
因了　月明的坦然
因了　山川的无私
因了　起心
原本就是诗

我用最浅的墨色
又去轻轻涂了几行
当记得与忘却
都不再重要的时刻
能存于此……

2022年8月18日 6：18

凉风随我　善睐低眉

众人
皆随唏嘘的日子
一一地掠过了
不会去管
将会与谁同归

可缘何此际
于月色倾泻的当口
我只想
把我能看到最美的景象予人
坦坦而来
真的什么都不为

凉风随我
善睐低眉

低眉于
一曲姜白石涤尘的优雅
低眉于

一阕李易安独清的温婉
低眉于
一树皎白翕张无他的栀子
低眉于
一船将行未行期许的星辉
低眉于
一朵浮之青萍之上缓缓的念
低眉于
一抔无边落木之下萧萧的悲

纵然
有瘦与黄花的心事
纵然
有依季而落的憔悴
此际天色如常
虽越来越黯
而我心
却愈来愈澄澈又明了
绝对的
都不是对

我只管着去
提着以诗做的灯笼
站在一行行的转折处
不必问这日复一日

缕缕温厚

终将能照见了谁

有的泪

不是因为累……

2022 年 8 月 16 日　6：28

归的人

信
杳杳
音
也杳杳

盼的人奈何未到
我就开始去一一地倾听
倾听这所有的声

我
还在约定的地方
等
万物皆为你的消息

起首的字
路上的灯
馥香的囊
落花的魂

檐下细雨
密密绵绵
犹记一同漫步
忘了远近
暖光照木微温纷纷

隐约见
有个轮廓
深巷青石上
油伞轻举
脚畔侧身过
可曾是你
欲问

涟漪满
案上几许空卷
竹椅闲
兰花也应未眠

醉了茶
读诗时似有归人
恍惚
还是真切
听见了
有窸窸窣窣的步子

轻叩门

三声

又是三声……

2022年8月15日 5：48

我的诗观

想起来那是

快有十好几年的事了

初初写诗

只是日复一日

从开始的自鸣得意

到渐渐地

案头上的呈现

愈来愈有些惴惴不安

这样对吗

写下的文字

她们个个都长相各异

但我却巴望着她们

婀娜轻盈

个个淳真

然后

就此于你我的人间作别

一路任凭

她们在尘埃间
起起伏伏
又生生灭灭
不知道付与了谁家

很久后的一天
一位诗界颇有影响的前辈问我
我的诗观如何

是啊
我的诗观

一时就怔在那里
不知怎样作答
曾经那些
以为洋洋洒洒的文字
竟却抵不过
这温和淳厚的一问

下楼的时候
我小心翼翼地扶着他
他也一再嘱我
自己能行
可我执意搀着他

生怕

由此下去的诗歌之门

轰然关闭

于茫茫的未知

会有什么

至今也不明的闪失

现在想来

要不是

我还有好多的深沉

实在是那样割舍不下

要不是

我把自己的感恩

放进了一条亘古而来

却又日日奔向人间的河流

我啊

我哪有什么诗观

只不过

印象特别深刻的是

那天回来的路上

有几声翠翠的鸟鸣

她们

轻快地穿透了重云

一路

只是把我叫得特别恸心……

初稿写于2021年8月11日 7：28

修改写于2022年8月13日 6：45

我的读者，真的想听听您是如何来评价我的诗观……

7：08

静·时分

我记我心
你言你真
物里寻物
浅中觅深
以诗写诗
皎月何存
字里何来
不免轻问
芸芸世界
喧嚣沸腾
一行空叹
叩门三声
挂碍牵连
只问自身
何由何在
自语自问
诗有何用
清晨予人
青葱当年

歧路远道
如今犹记
浣花行程
懵懂少年
白头仍在
斑驳光阴
倥偬未等
沉沉挚爱
风里仅存
浮云白日
迢迢山川
轻舟远行
独于众生
疏星朗月
举杯释怀
诗酒花茶
韵留几分
诗间有你
字却无我
笔尖幻化
意象浮升
甘苦自知
嬉笑凭人
一诗卅年
破碎辨认

星汉当空

应照楚魂

不必知我

我湮凡尘

天若有情

青鸟月澄

循心而归

静里时分……

2022 年 8 月 10 日　5：58

清晨里,我写得不成样子,恍惑着,该不该把这首《静·时分》,去贸然地与人。免得我的读者为这一首未完篇,在尘埃间苦等……

7：00

拂尘记

日日垂思生
坦坦与君共
晨来胸臆事
何谓语朦胧
市井不留义
何言山动容
靡日徒奔波
诗远无人懂
哪得清流源
一涤俗尘空
人朴情虑肃
境闲方听筝
清溪宛转水
修竹徘徊濛
木倦采樵子
土劳稼穑翁
床前太白月
子美锦官重
读书业虽异

敦本志亦同
蓝岸青漠漠
绿峰碧崇崇
日昏各命酒
寒蛰鸣蕙丛
真源了无取
妄迹世所逐
一案清幽气
三生出尘风
从来庭宇静
缮性晓相逢
诗写三千行
慰尔此间朋
生而为诗者
月凉敲门中
……

2022 年 8 月 6 日　5：48

真源：意为自己的本心。
妄迹：虚妄的行迹。
缮性：意为有涵养的本性。

我写下了《拂尘记》，愿您也能在这里稍稍停留一下，想想于心底还在的那片月色，再赶路……

7：48

风语者

树
以那些惊心过的年轮
提示着我
有的枝条
是不会开花的
她只是默不作声
去结她的果
好的
抑或者坏的
生涩的就在枝头
而熟透的
就会被多舛的风吹落

风
也从来不说话
只是在漠然的身旁
一掠而过
快的
抑或是慢的

刚停下来了一阵
将心欲诉
可却又被另一阵风
无情地吹破

我只是啊
只是在尘土的扬撒间
自顾自地写诗
思忖的
或是奉献的
其实
全部都和你有关
而我只是不像别人
不过是以自己的方式
有着别样的缄默

满眼望向你的凝望
是为了一句
答应过月光的诺言
淡定却仍执着

如果怀疑
那就离开吧
如果你也相信
那么
就请再一次地去握紧我

等风吹来的时刻

就和我一起吧

和我一起啊

在雨里酣畅

在月下停泊

在林中问道

在云端放歌

那些珍视的

那些散落的

那些惦念的

那些馈赠的

都祈望会一一去圆满

来处的命运

终归是精心的铺排

一一地

和风一起拂动着你我

见你做了星的眼睛

而我

却终是风的语者!

2022年8月3日 5:28

我看见

长满青苔的树桩

曾经的动容

我还听见山谷

远逝的呜咽

于是

就去做了风的语者!

7:38

我……

许是
某年某月某日
君的江天
欲雪
肃而将晚

忽我素衣
暮色盈间
浪迹至
萧萧蘅皋之岸

天地冥冥
静待谁
竟如约而至
如子依依
忽而
只与我戚戚相逢
此刻
有月色与雪在侧

声声山鸟
于此潜渊而唱

迢迢长路
若欲还或是碌碌前往

有意解佩
以寄沧浪
留下诗卷几行
看到
遗忘
那时的众生
应已弃我于尘寰

白云错落
月光零散
终是无法拼凑出
淳厚的桥段

宠辱无关
相思也片片地飘落
待漠然里
尘埃无情辗转

你若执意还乡

向阳的坡上

我还有两三行的顾盼

如初见

知我的人

应在眸中碎碎而亮

一段忘我

一段相看

一段成谜

一段释然

波光泪光聚散

恍恍

恍恍

是篇章成全了我

抑或是

人在门外

蹴就了这日日的篇章

只给心看……

2022年7月31日 5：28

诗 为镜……

诗

为镜

一声悲怆

子在川上曰过的

眼下白衣滚滚

纷纷

却何以湍湍而走

匮以明朝

掠过当时

诗

为镜

曾记少年

提笔踌躇

不觉沧桑洪流

浮沉行止

几闻鹧鸪

晓回渔光泛舟文字

应不知愁

应不知愁

你的样子啊

竟照见了我的样子

诗

为镜

素衣翩跹

晶莹在水

时鸟鸣嘤嘤

新杨绿菀菀

怎道锦帛

兀自有意亦涂不满

这整篇的浓词

诗

为镜

将心描摹

予已何处行舟

又将会于哪里登岸

提灯的影

能照亮你就好

会不会

是总也不似

诗

为镜

踟蹰其间

遥亘千里万丈

无舟无岸

默观清清自渡

无生无灭无此

潦草的白发

还拿不拿得动啊

一把梳子

诗　为镜

诗　为镜

吾以吾诗三万首

月光不远予君誓

镜里

若诗亦为你

我就生而为诗

镜里

无人相思

便道相思

镜里

黑发不笑人
遥现
是白头的烟雨迟……

2022年7月30日 5：49

诗
为镜
你能看到吗
我望向了你的样子……

7：28

青·晓

天以渺渺
召我朝歌
地之皑皑
赋我暮曲
夜以冥冥
许我诗未
星以落落
沉我酣醴
青娥菀菀
明丽依依
野有华芳
零落皎兮
微风菡苕
殊人知意
尘烟纷扰
清扬独立
水近心远

未若思伊
卉木幽独
冰雪明濯
月下皎皎
梦弗疏离
见之不忘
纯兮清兮
山木有知
晨兮暮兮
字凝风露
未尽淑懿
雨落娉婷
沁香幽起
月光何远
轻张芙蕖
挥袖纤毫
凝思不及
我心兰馥
未几付笔
菀彼青青
晓晓达意
日月绵延
静芳自怡
清河兰桨

相偕一去

……

2022年7月29日 7∶02

君言采薇,我以青晓……

7∶08

一生的诗意

如果

我是说如果

如果于将逝的某一天

我的笔

终是渐渐地苍老

不会再去写下

那些动人的诗句

不再去解答

那些问过自己

又问过苍生的问题

那么啊

那么请允许我

在为你早早就写好的

几枚字里

去悄无声息地隐居

某些片段

或是某些温暖

早已经被镌刻成舟
随着蔚蓝色的时光
一起会慢慢
慢慢地飘荡天际
不再去管
从此以后
是否会再有人提及

只是众人离去
只是悲伤忘却
只是暮色沉沉
只是万物将息

曾经所有的丹青妙笔
都会一一地湮灭
可是你
可是如一的你
依旧
会站在那些句子的起首
依旧
冲着我的文字
还是那样地颔首微笑
向淳真致意

无人点头
万千的揭晓
也不再是泪眼不语

那一刻
日子也不过是寻常
只是不肯忘却的
是那些曾昭示过的
那些曾融入血液的

笔下共你的脉搏与呼吸
是唯这一生的诗意……

2022年7月26日 4∶28

殊心成全

放下尘埃缠绕
何需痴念眼前
本来与己做伴
神思醉在云边
素简读了几卷
尘梦一场酣眠
陋巷晓翠纸伞
青苔天井夕烟
浣女渔歌晓唱
敕勒穹庐放眼
心绪酿作几行
只为散漫浮现
一行清清楚楚
一行缠缠绵绵
一行起起伏伏
一行深深浅浅
此岸云朵锦瑟
彼岸星光流年

凭添故事泛香
无字痴缠绵延
当时不知惘然
尘缘匆匆擦肩
淡泊寻常故事
刹那经年恒远
洋洋漫天痴嗔
清清浩荡无言
怎的一首入心
怎的凡间慧眼
怎的香茗几盏
怎的痴话数篇
悉数过往平常
漓漓江雪如烟
人问痴心何来
我道一事未完
日日寻来物外
祈愿以偲天天
不知如我几人
终以月光呈现
不必将心揣度
万千见诗如面
访天雁过几度
唯爱不老桑田

此生相守沧海

冥冥殊心成全

……

2022年7月24日 7:48

偲（cāi）：多才之意。

您能告诉我，读到"她"的感受吗？……

7:50

刚刚

远方的一阵风来

她悄悄地

悄悄地

成全了我的想法……

8:05

月光不远（弯月篇）

月光不远
身边一片
品来清清
心愿简简

月光不远
尘间酿诗
人未启口
亦明你言

月光不远
逍遥神游
由来嗟叹
心在笔尖

月光不远
何以绵绵
一滴清泪
可落故园

月光不远
于目极处
置困顿地
自有翩翩

月光不远
与伊相望
镜里淳淳
映满牵念

月光不远
云端星汉
凤凰于飞
睦在青天

月光不远
眉眼涌泉
横波以见
苦亦是甜

月光不远
人海寻遍
长夜未央
热泪盈面

月光不远
白发苍年

欲诉平凡
哑口无言

月光不远
凉凉世界
片片芳菲
楚楚魂牵

月光不远
繁华喧嚣
市外幽芳
寸心之间

祈愿不负
日日诗篇
相偕不老
月光不远
……

《月光不远》是我很早之前写的一首短诗,自己的微信公众号也用的是这个名字。常有人问,"月光不远"是有什么寓意吗?是啊!有什么寓意呢?我也如此地自问,无缘由地避开众人,我却看见月光,她静静望向我的眼神……

2022 年 7 月 23 日　5:18

击舷歌

独坐江心
击舷徐唱
风蚀迟暮
晓刻辞章
诗来此间
凭人打量
你言无暇
我曰不忘
昔立潮头
今做浮梁
蹉跎尽处
空立苍茫
碧野渌水
蒹葭何苍
寡凫声声
无语悲怆
零心安好
水湄一方
朝看青峰
目落夕阳

霞染天际
浮云彷徨
衣袂动处
风徐微凉
曾邀朗月
静夜照床
满腹心诗
无已成行
此情谁解
流水自淌
云霭深处
迷径幽芳
年少戚戚
终老淡淡
病树前头
沉舟侧畔
一诗未成
眸清寒窗
侧耳静听
渔歌一桨
月光不远
清词两三
毫墨缠绵
相望霄汉
一笔几何
点点留芳

离人轻纱
长夜未央
浮云蛾眉
坦荡川上
慨叹唏嘘
寥寥何感
追光抚琴
聚呈醴香
清白一地
薄暮寒凉
君自沙洲
寂寞阑珊
击舷以歌
散淡不忘
混沌迷离
以光洞穿
不必知我
逆风而上
独与天地
精神来往
……

2022 年 7 月 22 日 6：18

写了一首诗，释了一颗心……

7：18

诗·见

总有一首诗
她之明月
无论如何
世人都绕不过去

诗
见
在音韵
在意境
在素描
在留白
在天人合一

诗
见
见朴质
见天地
见众生
见原来自己

淋漓书
逸尘画
清风卷
潇潇笔

花入锦城月正悬
此间兴叹仍不已
不想笙箫何以默
心事竟付滔滔句

恍若前生
又于此间相遇

也许曾在古道
互饮别酒话分离
也许金戈铁马
沙场凭君英雄气
也许深山柴扉
老友推门剪春韭
也许江枫渔火
愁眠未尽乌仍啼
也许白日放歌
春风扬尘马蹄急
也许月下关山
梦魂相见只须臾

你月下推开的法门
可推开一帘万千
我千山独钓的凄寒
也钓到一界禅意

也许是独自一人
朝登鹳雀
又发白帝
或是踏歌而行
桃花潭清
远望长江孤帆
逸远逝去

也许走过烟村千家
亭台万座
依然是红豆相思
曾经沧海
千万里

那些清寒山上的枫叶
那些姑苏城外的钟声
那些离离原上的枯草
那些西出阳关的沙砾

都在日日

于你我的记忆深处

静默　守候

相赠　传递

此间

万千揭示

早早

已摊开了一席

走笔为我

诗见是你……

2022年7月18日　5：48

我就住在诗的乡

我就住在诗的乡
见浓云的远处
透出了一丝丝的光
若不是我还有
未完的卷牒在手
注定会抵不过
潇潇身外的风雨渐深
众的目光投向我
我便讲起了月光里的样

我就住在诗的乡
尘埃间到处
都是失语的云朵
被天空纷纷地锁住
灰沉沉地
遮蔽住
那一袭醉人的兰蔻
隐约见桂河轻桨

被黑色忽略

细细地嗅

莞尔挥袖残残的香

我就住在诗的乡

一直走了很久

秉着烛灯

一一地

去叩访自己的过往

灯影里

嘈杂消遁

却望见了已白发的娘

依旧浆衣　打草　做饭　补衣裳

我就住在诗的乡

是风雨痴缠的江南旧曲

牵引着

羁旅寂寞的归程

三两声的鹧鸪

只是把海海的落寞唱断

说着也罢

却也不吟遗憾

我就住在诗的乡
微风也掠过
桃花映照的文字
风华翩跹
窈窕流连
如若不是当初的一句
牵出这来来回回
生与活
总该是凭人向往

我就住在诗的乡
当思念与遗忘的手轻挽
抚着往事
一张又一张的脸啊
是敦厚而已
当温良一贯

我就住在诗的乡
谁的远方
会消失在眼里的远方
而悲伤又会
将别的悲伤一一地驱散

我就住在诗的乡

明月之下

日子本来就是亘古荒凉

打量自己

也被旁的人打量

我就住在诗的乡

千山外

故园应早早已飞雪

屋宇岑寂

白马踏过的长街

睡梦可还是一般安详

怀思已　毋怅惘

我写下滔滔三千首

留人唱

不知最后

还等不等得到你

托诗去捎给了

明你行迹的尘寰

远远又近近

近近又远远

会循着熟稔的字句吗

别忘了啊

别忘

我

就住在诗的乡

……

2022年7月16日 6:48

熟稔（shú rěn）：意为很熟悉。

有你

天清

无我

如何……

7:02

每天 给我的诗浇一遍水

每天
用祈望
给我的诗浇一遍水
就在月色
浅浅地褪尽
就在太阳刚刚开始
在地平线上的又一次轮回
如果你喜欢也可
忘却也罢
人居其间的氤氲
花开的时候香氛
也并不单单
只为了其中的某一个谁

每天
用诚恳
给我的诗浇一遍水
好让她
深深植根于生活
目光所及的善意

只希望予人
路过她的时候
忘却羁旅的困顿
时间的疲惫
她的根脉
她的枝干
她的叶片
她的果实
总有着丝丝
那样沁人的甜美
然后
置身于其间
然后
会一一地沉醉

每天
用慈念
给我的诗浇一遍水
好多先人的传递
金贵的种子
又传到了我这一辈
几经辗转
几经轮回
花儿一朵一朵
兀自就开了
草木荫荫

茶色澹澹

你

可深深地知道啊

世上的知与信

黑与白的呕心沥血

从来本就是宁折不弯

又痴心不悔

每天

用淳真

给我的诗浇一遍水

她的叶子

从来都是清清素素

只是叶片上的那些露珠

明亮又温柔

与你此间

记得曾有一刻

恬然就好

真的不必记得

为诗的她

极尽了沧海

也曾经慷慨洒泪

每天

用朴素

给我的诗浇一遍水

也许就在倾心的当口
诗也会和我说
我还没有谢过你
因为于人间
曾有一刻
彼此凝望过的目光
是这般心意相通
又弥足珍贵

每天
用仅有的
最年轻的日子
给我的诗浇一遍水……

2022年7月12日 5：28

上班
穿行于人流
饮食
真心祈愿
兑现如一的诺言
写诗……
　　　——我的日常

6：48

之后　以诗待我

一日一日
辞别众人
我仍旧笨拙地
勾画着文字的轮廓

遥想着
有诗
就在万千落下之后
一直待我

分明
就在众人
离我而去之后
就在银色的月光之下
可她只是静静地
也不作声
一双清澈的眼
就只是楚楚地望向我

可当年鲁莽的我
却只顾着赶路
从山的那边开始
一路上
只去想着沿苍鹰的指引而行
没有
顾上还有别的什么

为一条河的源头
是否依然存在
为一场永不干涸的探究而行
无人指引
那里满眼荒芜
风　也总是凛厉而刺骨
不甘蹉跎

一年复一年
我沿着山川与荒漠
四野追寻
笃信
只有虔诚的人
才能获得那些依归

眼见

撑伞的人

泛舟的人

牧野的人

敲门的人

皆在分行、意象和平仄里

只一念地生活

可我现在

终于能够对她说

那些用脚印和怆痛

刻下的笔画

全都是我与她

收藏在回忆里的

悲悯和安慰

有的还是浅显

有的也没有表达深刻

在恍然之后

我不曾

写下过一首真正的诗啊

只想还是再继续

倾心而作

就在万千的眼睛

读过之后

能皆以诗待我……

        2022年7月11日　5：58

之后

请以诗待我……

            7：18

楚·有几行

楚的日子
淡
而寻常
酿一壶清苦的年轮
就在醴里听香
我又写了几行诗
一轮楚月
一直在旁
只有她
依着我的肩
吟想

有几行
她率性地根植于
楚楚的土壤
牡荆一般
狂野地生长
潇潇地
终将黑与红的魂魄安放

有几行

是在晨幕下

静静地把远方眺望

面向千万年奔腾

雄楚的大江

喊一声归来哟

归来哟

先人无恙

也能把这天地激荡

有几行

融合在无边

那是楚天的浩瀚

汐落潮涨

水草低唱

鸥鸟轻舞

蠃鱼翱翔

有几行

依傍着楚的巍巍山川

淙淙于水

涌流千里

天道轮回

仍不改

某某的一片痴心衷肠

有几行
终是愧对于楚的辞
文字激扬
翰墨奔放
忧思难忘
慨当以慷
引燃热血
闪烁韶光

有几行
是楚的眼
依旧是看到至今的千万变幻
不必黯然神伤

有几行
是凤鸟的羽
领略啊
与歌赋　与溪流　与星汉　与渔舟
是楚的浪漫

有几行
是无言之后仍是无言
迟迟

不敢轻妄
是冷峻之地啊
当作了
楚的脊梁!

2022年7月7日 7:12

风里的吉他……

一路
不知不觉
就经过了好多的站
望着车窗外
叶落的声
还在簌簌地响

没有经过时间的允许
我就把琐碎
还有一首
是关于年轻的词
没有填完
就一股脑托付给了
还剩下的黎明和夜晚

如此
一路地走
真的也就无妨
朝你就挥了挥手

掸掉忧伤

纷纷的星光
从贴身的荷包里面
点点地漏下
有的告别
就再也不要去想

放下一卷枯燥
和月光挥了挥手
问她
可曾见过那些誓言的模样
就在我凝望你的
刚刚

有泪的笑容
是笑容背后的笑容
透过撑伞的背影
再也不会
那么牵强

其实流淌
本来就是最美的姿态
特别的眼神
水边的想象

置身一处
望向远方
还在期待里矗立
不必还有太多的盼望

去
就径直地去吧
停
就静静地于世界的一角
倚在
曾萦绕过的臂弯

没有了霾的迷离
没有了霜的抱怨
没有了雪的忏悔
没有了雾的彷徨

一切本来
自然而然

云的特别
看在风的眼里
都是一般

我好像听见

还是有人

在一刻不停地唱

风里的吉他

不曾间断

……

2022年7月4日 5:48

我选择

在黎明时动身

辞别

深情的夜晚……

7:14

不再

不再去问
天天写作的理由
去找一个自以为是的答案
哪怕云和月色的赞赏
依然还有光
问过潸然的皱纹
她说
看向远方的眼睛都会明白
是为自己和他人
在好多漠然里
留了一扇看天的窗

不再去想
自己
是不是会戴着
诗人熠熠的光环
如果石头依旧还没有垂泪
那就
再去把孤单写上一行

越走越远
又朝着辞别的方向望了望
那些清澈的允诺
依旧还是
被铭刻在坚决的心上

不再去管
听见呼啸着风掠过耳畔
就在刚刚
一首诗里真的
再也没有了别的什么牵挂
所有经过的人漠　山川
以及月光和海洋
顷刻间
都将一一豁然
渐行渐近的等待啊
淡定地去叩响了
我共你的每一天
会是无数个
深邃的清晨和浅醒的夜晚

不再去看
风会不会太冷
雪落时灯火的明灭
一路上的虔诚

最后都会安然地
落在了天下最宽厚的肩上
不过是一个展眉
就此润开了天青烟雨
不过是一纸素笺
做了一只逍遥云涯里的船

一派清新
四野明亮

看见吗
一只云雀她冲向了天际
舞动着翅膀
就在你
读诗的刚刚
……

2022年7月2日 5:50

天天写诗很难，但天天保有着憧憬，不难！期待着您的回应！我立在等你的路旁……

7:36

昆·韵

若循声
一一而去的
是循得的儒雅巾生
裙纱明艳
在台上的玉指纤纤
水袖盈盈
花落水流红
闲愁万种

若游历
怎料置身一青瓦庭院
闻昆韵
是水磨的清调
自天际万般缭转
见伶人
乍暖风烟满江乡
花里行厨携着玉缸
笛声吹乱了客中柔肠
人前绕

亦莫过乌衣巷

若入夜
丝丝垂垂
大大小小的船
于秦淮
在恍惚里
便燃起了灯火
朦胧的烟霭
黯黯的水波
叠叠间的明漪
是六朝的金粉吗
灯火之间
水光若一帘梦
漾漾
至此便荡了开去
遏云绕梁

若凝诗
袅晴丝吹来闲庭院
摇漾春如线
也不知
身在甪直
抑或是缕缕的乡魂
曾萦绕在江南

昆音

韵在柔的水边……

2022年6月30日 5:48

甪直（lù zhí）：甪直镇，隶属于江苏省苏州市吴中区，"百戏之祖"昆曲的发源地。

是夜
缓品"昆音"
余音缭绕
悱恻萦怀
声 律 影 氛
始觉
慕戏于昆……

7:04

允我啊　仅仅以诗之名……

无论
是刚刚的经过
还是烈烈后的重生
飞鸟清浅
岩石深情
当我将将写下这所有铭刻之际
允我啊
仅仅是以诗之名

写下悲伤的时刻
萧语轻叹
芙蓉垂泪
诗里的那一片月光
会不会刚刚好
轻轻地
也能拂去了人的恸心
允我啊
仅仅以诗之名

写下欢愉的时刻
放歌纵酒
天地酩酊
身前身后都是人生
酣畅淋漓的事情
允我啊
仅仅以诗之名

写下沉默的时候
一个转身
或是悄然地离去
拍一拍肩膀
毕竟所有理解的终点
总归是那些还依然
泛着光的内心
允我啊
仅仅以诗之名

写下思忖的时候
手持的书卷
案上的茶香
累牍与冗长之外
唯一条清溪
自身边淙淙经过
花动春山

摇曳出满目的风景
允我啊
仅仅以诗之名

写下回忆的时候
仅仅
也不止仅仅
这一路的破土　开花　结果
还有凋零
是依稀里的日子
在川上
在临风时候曰过
逝者竟如斯夫
依然有
生命中不能承受之轻
允我啊
仅仅以诗之名

字里的心
掠过了
众多的薄暮和积云
声音冲破了沧桑的镜
写着刚刚
读着曾经
全是我与你

最初与最后的样子
允我啊
仅仅以诗之名……

2022年6月28日 5：28

好吧
我承认了
我是借着月光之名
向你
坦陈了来意……

7：15

清江·川流

顺流而下
只有久居川上的人
才会坦坦然
去解这一条清江
于那万里
循人而来的心意

清澈　又欣欣
只有置身其中的人
才会恍然大悟
清江
一直都在以灵秀的样子
静静地等着吗
等着
我来看你

你可明了
不过是刚刚好
恰逢一轮清月圆满

恰逢万物的簌簌
渐隐
抑或将息
我已经一路风尘
穿过冗余的
可有可无间的琐碎
来看你
那时与此时
都会是漫江的情意

此界
空山轻笼着云纱
其实我只想
只想和你
在这肃肃的山谷之中
一同听着蛩音
彼此屏息

然后
与川的临别
就折一张山间
阔些的叶
包一片那清江之上
声声啊
那声声问过天地的月色回去

回去夹在那些

临行之前

早早我为期待与逸采

写下过的希冀泛起

点点粼粼波光的句子里

原本是川间

几枚扁扁的字

菁菁剔透

依旧可见依稀

微温淳真

轻嗅起来

还是那些永不风干的遐思

心里全是

这世上

与一场缓缓而去的流淌

相互倾慕

至此契阔云天的情意

恍恍

而不觉

水木湛清

川　无止兮

应声而落的雨

靡靡

也全然没有止兮……

       2022年6月26日 6：58

清江

我是去过的

不过仍忆

水木湛清的巫岭山中

遇到过

那一场今生浼漫的雨……

          7：20

一行覆了一行……

诗写蘩了开始
生涯裁了一段
清楚恍了又恍
算是醉了一场
未曾谢了众生
允我摹了篇章
月夜扣了门环
轻推开了轩窗
书案韵了松墨
动心写了几行
字里现了澄碧
与人诉了衷肠
花开遍了四野
萱草染了幽芳
浓情瀹了清茶
轻歌隐了飘荡
往事缝了又补
惦念灭了又长
细雨幽了深巷

青苔绿了石板
屋檐藏了燕子
桃红浅了靛蓝
乌篷载了渔歌
纸伞遮了江南
炊烟蒙了村庄
思绪淡了薄雾
当下迁了过往
尘埃远了烟波
痴心化了陪伴
稚子读了浓情
天涯别了故乡
浮云挽了清荷
西风谢了花残
残阳忘了疏雨
古道远了边关
南雁谢了挽留
夙愿去了远方
羁旅诉了孤独
游子背了行囊
慈母缝了衣裳
月下醉了知己
康河摇了轻桨
鸿雁近了又远
枫叶红了又淡

明月圆了又缺

离合辞了悲欢

桂花落了又落

秋水泛了又泛

写过涂了又写

看过淡了还看

远山远了又远

近旁忘了近旁

凭人湿了眼眶

一行覆了一行……

2022年6月25日 6：08

人来了

人又走了

为何

自己还要这样一直唱……

7：05

简朴之诗

转了好多座山
无心并不等于无意

其实
并没有必然的因果
诗
却意外
成了我和世与界
一路上的联系

只是
我当初固执地认为
一首诗的表达
不过是意的晦涩
还有字的生僻
于是不再去
寻找——澎湃的声音
偶尔炫耀
常常猎奇

为何最后
还是诠释不清
这时间的内外
林林总总难释的谜题

在知己之间
在切身代入
在清泪背后
在忠贞之上

只有那里
才是群山高耸
落英遍地
才懂得
嶙峋而来的诗句
终是本来真实的诗句

那些娓娓而来的诉说
其实才能极尽所有的日子
最初的本意

便懂得了
水的舒缓
山的岑寂

风的洒脱
花的旖旎

还有带泪的笑容
还有艰难的托举
世界本来
是如此宽厚啊
中间是摩肩接踵的人海
永远横亘着
那些苍劲的箴言

而我
只是应该
静静地　静静地
注视周遭
在浮光粼粼之地

迎向所有真切的探询
还有祈盼的目光
为一颗颗简朴之心
诗写无尽
去献出自己……

2022年6月23日　5：18

晚风

解构着窗外的景色

剖白的真实

雪片般

化作诗里面的段落……

6：48

归清江

如果
你能在一泓清澈里
听
会听见
清江唤我归来的声音
而我则刚刚洗去
喧嚣里
繁芜又凌乱的征尘
遥遥听见这人间
响起
一遍又一遍
云水之间
一条江水濯尘的名
于是
你快去看那漫山的杜鹃
是我
正向你挥动的心……

2022年6月22日 11：50

将以诗　来穿透彼此

我
既然答应过你
心思就会和月光一起
一日又一日
在尘埃里醒着
天地渐亮的时刻
一首诗就一定会早早地
穿过万物寂寥
静谧十分的卯时
允诺而至

行迹不长
不过兀自探寻着字的路程
是从锦官城
是从神女峰
是从老橡树
是从江南岸
是从初萌的枝头
那一声声辗转而来

微微又入心的莺啼声中
转折入微
一点点地开始

依旧不明
两杯三盏淡酒
曾独酌过的哪一桩心事
清幽潋滟
究竟予人忘却
还是留在了
是心愿与琥珀
曾彼此淳淳映照过的当时

自然
某些作别的缘由
还是会
跟着沁人的栀子走掉
去敲开
山中的一扇朽门
去浣来
深眸的一片凉月
去问道
眼下的一壶清酒
去抚慰
流水的一阕往事

此生海海

山山而川

知否

知否

云天的情愫

一直行在时空之外

可我

终不能成为

印象间那个酿诗的人

只好借着

浓云间漏下的晨光

将以诗

来穿透你我的彼此……

2022年6月21日 5：48

世上的事

本身是没有意义的

有些光芒

都是人赋予的

而这坚持而行的本身

其实

就具有无比闪亮的意义……

7：10

留·未留

沉沉已过半生
回眸懵懂起头
揖别过往远逝
遍寻真淳思悠
静里听琴未诉
字里幽篁空守
明月敲窗初静
清风谱曲离愁
犹记初春草绿
转眼寒生暮秋
当年逍遥云上
几得无情相游
晨沐杜工巷口
晚叙扬子矶头
日沁章台梅香
月明借语荆州
寂寥伶仃叶落
仍怜菡萏娇羞
岁月不居无奈

容颜逝去难偷
诗酒年华趁早
曾说辗转不休
渺渺蹉跎往事
滔滔白水东流
持卷怅然吟哦
扶栏东风把酒
拾级而上绝顶
巍巍往来何求
月下云边几人
醴间逍遥中流
不再清问童子
缮性何来纯熟
寻常修为不解
欲穷海内登楼
云中寻禅山寺
空明不二知否
人生不见参商
夜雨喜剪春韭
字里恍然如梦
云开雨霁难收
君未知我过往
我以心绪相留
三千怅惘菲薄

不过人间敦厚

一程两岸三生

归舟何问缘由……

　　　　　　　　　2022年6月19日　5：48

回想

盈盈的绿

清雅的蓝

温煦的风

还有一个人

雨过天晴的眼……

　　　　　　　　　　　　　　7：38

你　不必知道是我

我无声息地来临
你　不必知道是我
我在人恬梦中的辞别
你　也不必知道是我

你　不必知道是我
能明了启示就够了
不用去管
是点亮你黯黯里的天穹中
究竟是哪一颗
那么微弱地闪烁

你　不必知道是我
能懂得宽广就够了
我　会在哪里
以云的样子
在你的面前广袤辽阔
会那么壮丽

也会那么婆娑

全是无边绵绵的恩泽

你　不必知道是我

泪水

一直都是咸咸的味道

悄悄　悄悄

对着崇高的祈祷

会坦陈在你的面前

下完了天下所有的雨

一切的朗润

所有的无邪

全都是那一汪眼里的清澈

你　不必知道是我

带走了时间

却无论如何

也带不走许给世人

黎明间的承诺

古典与潮流

从来都没有区别

只不过那些都是啊

七弦的伏羲式与斯特拉迪瓦里

娓娓流淌着的诉说

你　不必知道是我
一路走啊
一路细数着
山川里的回眸
为什么
为什么不早早
把那繁复的心思点破

你　不必知道是我
曾于几何时
关山梦回
云收雨霁
一片落在掌中的叶
那些清晰的脉络
会以嶙峋的
或是斑驳的方式
告诉你一次次
一次次啊
好多好多恸心的生活

你不必知道是我
知道有人走过就够了
其实真的

没有必要知道
那些人里
究竟有没有我

听
就在刚刚啊
就在刚刚
天空中
又有一只云雀
见她扇动着翅膀
鸣叫着
在你的生命里飞过……

2022年6月18日　05：28

爱我的人啊
这一首诗的墨
还未干
你
不必知道是我……

7：08

慕

慕
琴音和琴无关
风不息
看见有人仍在风里
无休无止地唱

慕
字底的人
有着如你一般的眼眸
是清澈的一汪
让我不禁
总是看了又看

慕
午后
有着和煦的阳光
在寂静里翻阅
生涯里的安静

那些会是
一一而逝倾心的过往

慕
书间莫名的一章
每一个人的喜怒哀伤
时间不停
而命运周转
灵魂之间
却没有碰撞着的对白
徒徒
只剩下了
彼此凝视的一段

慕
那些曾温暖过我的
亦能
把心上的残缺荒凉
一一地抚暖

慕
在大戏散场之后
会被一双手紧紧地牵着
一直不离不弃地陪伴

就这样

走过阡陌

也走过人海

一生不晚

只剩这最后黢黑的孤独

但

但却是很短　很短

慕

有些沉静

是永远都望不到的尽头

看见你

盥手清心

煎水瀹茶

一盏浅香她绵远悠长

慕

有些光

将黑从来都洞穿

让你的

诗间　眉间和心间

清清亮

慕
以上……

      2022年6月14日 6：16

望见
你自云边而来
眉间
却有远方潇潇的风雨……

         6：28

静月·定格

至今也不明
在繁芜间的朵朵
为何独独
远远地就望见
她着了
一袭的月色
清清雅雅
冲我仍浅笑着

我的书斋和庭院里
仲夏
不知所起
就落下了满目的芳菲

树上的蝉
一阵又一阵的私语
偶有几缕风
会吹动
整个夏日浅蓝的裙摆

她刚刚洗好了
乌黑的长发
飘过来的
是淡淡
有粉荷与风的味道

冗陈杂色
静却空白

我刚刚
写好了一首诗
踟蹰着
竟不知该不该
以何种的样子去呈现给她

然后
就愣愣地
待在了月色里
看见她披着一身洁白
和光阴的手
一直定格在了一起

几枚字里
转折而来的心思

匆匆间
不觉竟流淌了一地

再后来
我就醒了
有的诗
在催我匆匆间登船
独独有一首
依稀记得
在岸上冲我挥手
在我皑皑白发的后来
一直将我环绕
……

2022年6月11日 6：28

美
——《说文》：甘也，从羊、从大。羊在六畜主给膳也。美与善同意。《注》：羊大则美。故从大。《疏》：善者言美……

心思之溢，于刚刚的言语之间……

7：16

题记：

  2022 年的高考作文题"本手　妙手　俗手"，本手、妙手、俗手是围棋的三个术语。本手是指合乎棋理的正规下法；妙手是指出人意料的精妙下法；俗手是指貌似合理，而从全局看通常会受损的下法。

  本手是基础，妙手是创造。一般来说，对本手理解深刻，才可能出现妙手；否则，难免下出俗手。

  围棋（其术语"本手""妙手""俗手"）蕴含着博大精深的哲学思想、人文精神、道德理念、价值取向。作文材料以围棋文化为基础，引导青年探究中华优秀传统文化的时代价值，汲取中国元素的智慧力量，筑牢基础，提高能力，守正创新。

  出题人一定是懂围棋的，更是希望各位考生能通过围棋术语有更深入的人生感受，这不正应着我们那句老生常谈的"人生如棋，棋如人生"吗？高考与中国传统文化围棋结合，这充分体现了国家的重视，希望大家都来学习围棋，从围棋中感受不一样的人生，更好实现立德树人根本任务，引导当代青年提高思维能力、增强生活智慧、厚植家国情怀……

  想起自己学弈已是三十多年前的事，习之得之只为万中之一，迷雾中懵懂前行，赫然撞见巍巍高山，蔚蔚雄川，实在赧颜，棋反哺于我众多，仰宏篇，亦知幽微……

邀月……

——写给人中的棋和棋中的人

邀
月光的指引
去寻一颗丹朱之道
天元中的星
鹭
唯白子的天外玄动
乌
唯黑子的静中幽冥
要不然
这千年淌过
玄玄而动的传承
怎么会
被孜孜不倦的精魂烙印
荣辱皆忘
落落萃英
当风一拂而过时
你我
默默　默默
居于此间坐隐

邀

月光的倾听

去融合

消长　厚薄　张弛　强弱　缓急

种种　种种

辩证朴素的因循

唯　浩瀚乾坤的博大

唯　经天纬地的苍劲

不然

莽莽又莽莽

此消彼长的浩荡大势

怎么会得到

万物顺势的趋应

邀

月光的初心

去融入棋与诗的灵境

唯　静是万动的因果

唯　抑扬错落的空灵

要不然

这酣畅淋漓的一生

怎么会有

稍纵即逝的灵机

天元之中

夺目的熠熠星辉

怎么会映衬出
目光如炬
凛凛寰宇的豪情

邀月
邀来动静如一
邀月
邀来手谈清清
邀月
邀来烂柯相忘
邀月
邀来乾坤明明

一片
皓然的月
最终
清立在天地的心
神情安坐
黑白落定……

2022年6月9日 4:48

后记：浅学疏才，仍愿前行不止，遂写下此篇，以慰举子半空、落子无悔的一颗拳拳棋心……

6:16

诗人

有一个人一直坦然
心里的寂静
是在万物的寂静之上
笔下的诗句
是一条伸向远方的河
静静地流淌

当他有些累了的时候
就蹲坐在一撇一捺的那个字
高高的台阶上
稍稍地休憩
然后
就又开始了
对着好多双眼睛的吟唱

神与物游
好多的相关
到底了
其实竟然真的无关

认真地想想
自从相识
他的第一个字开始
直到被一首诗
将荆棘丛生的前路
和好多黯黯点亮
从生长着的黎明
一直到悄悄啁啾的夜晚

我其实
依旧在勾勒着他
自己心底的
那个话语不多诗人

你
是不是还在某个远方
还在那些祈愿和温润里
为一颗心的往来辗转
婉转　咏叹
忧伤　彷徨
单调　缤纷
幽暗　明亮
注视　动容
开怀　爽朗

在一束浅蓝色的透明里
连悲伤都会

美得令人深爱与敬仰

对不起
我不是那个诗人
我不过
是迎着世上飘荡的风
想在每个人的心里
一天天　一点点
记录着他
于人间路过的模样

一串脚印
就是一篇诗行
好让人不再去管
碌碌羁绊
总是拥揽着美
又向着光……

2022年6月7日　5∶48

会不会
有一个诗人
你一定凝望过他的眼睛
却一下子讲不出
他在你心间的模样……

6∶38

诗的质

——"荷间 我对诗写的一朵回答!"

起心
是从一朵莲花
她微微地翕张那里开始

一刻不停
于是月光的诗
便淙淙而至

其实
并不是我写着诗
而是
诗小心地在叮嘱着我
一笔又一笔
一天又一天
去记录下她在人间
或是繁盛
或是萧瑟
或是清浅

或是浓烈的那些事

其实好多的话
若你不言
而我也注定会与你相知

一缕幽光
如此
洞穿了黑
也洞穿过了子时
而月色
却并不冰冷
一地银辉
全都是梦里
徘徊之间见过的样子

灯光如豆
案几上摊展开的
经卷间
幽幽微微的
是先人行迹嶙峋
斑驳的字

字里
也不缤纷

仅有着一盏茶甘
仅有着一斛酒浓
仅有着一根檀香
仅有着一扇
是为迎你而开的竹篱

记得诗
那就请忘掉诗
本心
会被体贴入微
会被氤氲围绕
会穿透了这世间
所有被过度包装过的修饰

风
却迢迢
辗转而来
就吹灭了全部的真实
只剩下了一两件
衣衫褴褛
伶仃而行的往事

如此
我和你一直这样
手牵着手

在彼此
清澈的目光里行走啊
不过相偕
不止相偕

结一段缘
不必去管了
理想的焰火
会不会被众生漠视

还笃守着
当年随邀月而生的诺
诗亦为你
从最初到最后
在人间
一拨又一拨地传开啊
依旧是清白无邪
本是
诗的质……

2022年6月5日 5：28

我的读者，面对您的探询，这是我对诗写的回答。期待您的回音……

7：05

谜

隐隐　隐隐的
沿着月光的线路
在清泪与慨叹之上
总有一些是我
至今也无论如何
叫不出名字的情意

只能
怔怔地　怔怔地
然后方知
原来你
早早　早早
就等我在这里

要不然
我不会觉得
我一定是到过此地
有谁能告诉我
一束光

洞穿了时间
为何
今生的等待啊
还是说着前生的话题

何时何因
却不知详
越过了缛杂
就是感觉
我与君
早就是相濡已久
君看见的就是我看见的
你心泛起的
我的心也泛起

曾几何时
只记得
于那扇门外
弥散着阵阵甜香
芳草萋萋

曾几何时
夹着
一泓湖水的两岸
萤灯蔚然

还有氤氲着的
芳馥朝露中的甜忆

听见月出
惊起几只鹭鸟
听见繁花与我挽留
那些微微
与我阵阵的耳语

碎碎的
又碎碎的
若隐
皆不明来去

我的诗行千句
倚着温润
一日又复一日
伴着草英葳蕤丛生
今夕何夕

到那时
我终于明了
一首诗
只有痴心读过
一首诗

才算是真正地完成
不再去想
与某某的无与伦比

我借着诗的名义
会有祈愿起起落落
会有知音三三两两
诗底却粼粼地映着故人

不知不觉
一泓碧渊潭水
三千不已
只是深情无计

梦境
又一一构筑着梦境
后来停顿
后来闪回
后来的后来啊

就成了谜……

2022年6月4日 5：28

凡所倾慕，皆蓄深情……

《静雨·草堂·东辰》憩之笔记
——与陈文东君

我算是
去过东辰草堂的
在乡野的一隅
是一处人间迥异之地

堂
不华
天井一方
四水归堂
聚着而来的丝丝雨润
登得堂来
耳际却是寂静
不由人
问问自己
可是离开尘埃的清心

亭
不显
独被环在

一片片欲滴的青绿之中
似与人说
眼中无他的
我自有我的一份逸尘自在

花
不媚
有的菀于缸中
是难得一见的浅云白
有的立在径边
是赧如羞女的胭脂水
有的附在墙边
是风吹海立的天水碧

潭
不阔
却是清幽
偶尔也会见微澜
浮萍片片
有鸟凫于水面
不被惊扰
这恍惚的片刻
岂不就是一时远方的全部

船

不大

与人摇晃着

船上的人

说着将近半生的沉浮事

一杯给了懵懂

一杯给了闯荡

一杯给了理想

一杯给了牵挂

肴

不酽

是田间最为普通的呈现

却是当下最为难求的天然

米的适口

桃的汁水

韭的野香

是容我难忘的当初么

就是啊

就是真切的那样

具

不浮

如果未从过农事

好多都是叫不出名字的

只是有些褪色
上面黯黯又斑驳的纹理
好像还回响着
一犁犁　一穗穗　一捧捧
是故土传来的
厚重而又踏实的声音

茶
不浓
容我淡淡
也容你缓缓
慢下来
还是慢下来吧
一杯倘若化不开
那就再续一杯
眼里的天为心里的天
退步原来是向前

人
不问
进出随缘
远近自分
来也不需问
去也不必问
月光不远

无心自然

个中幽微

君随自便

我好像没有去过草堂

那里的一分释然

一分无为

还有一分天真

真的只能慢慢靠近

认真地算

也算是没去过

草堂的主人

如此可好

如此安好

此间求而不得的态

祈愿

就齐齐留在

淳而不止的问道之地

……

2022年5月29日 8:08

想问……

日日
我与那些诗的形状相对
心中不免疑窦
究竟
是生活里的空
还是有
永远都表达不尽
意蕴深切的如此种种

为何
风动的时分
我的心也会动

想问
是一腔龙井
那些不变的清清慈祥
几枚翩翩的叶子
为何还能
坦然地遇水重生

面对这大千境界里的包容

人与茶

会有山的相逢

怎么又会有水的相逢

想问

是一泓的莲花

凄雨里孤孤地摇曳

为何能依旧盛开

独自而缱绻浮生里的梦

是无人会懂

还是有心会懂

想问

是一简故知

为何能

从最深的楚辞里缓缓而至

慢慢开始浸染

要世人记得

有的魂魄

是随风而来的先人的黝黑

是芈的子孙吗

还是熊的殷红

想问

是白鹭和霜色

是萧萧的风

可有渺渺间的归鸿

可与一阕遐思

独独此间

为何一直情意连贯啊

古今相通

想问

为何尘埃不识字

沉香里的唐宋韵脚

是不是

会传承给后人的后人

风里面

故园的乡土

早早　早早

就藏好了一坛

浸过了千万个日子的醉东风

先人在这头啊

后人却无踪

想问

为何人们的步履

愈来愈快啊

宁可放下对曾经的允诺
却再也无暇
去顾及
那些真淳的笑容
径自而行
空里面还是空
有的泪
好痛

想问
为何这月色
亘古一成不变
明天的容颜
却从今夕衰老
为何这城郭旧巷
那些川流不息的
被精挑细选过的语言
一碰就碎的信念
闪烁的词语
却让人听上去
越来越不懂

想问啊
想问的事情只是越来越多
常常

总是陷入迷惘
被困在当中

后来
直至某一刻
有意无意间地低头
才稍稍地察觉
不必再陷入那些问题
简　本是简啊

一首诗的启示
是下一首的开始
在风里的人啊
你也是风
……

2022 年 5 月 30 日　5：48

我望着你的影子
忽然想流泪……

6：28

心·为粮

——以此纪念袁隆平院士辞世一周年
（修改版）

一年前逝去的此际
仿佛就像
逝去了无数个世纪一样长
2021 年 5 月 22 日 13 时 07 分
一株饱经风雨的稻穗
在经过了
幼苗　插秧　分蘖　拔节　孕穗之后
那是天穹之下
那最最沉实的一株
终
依依
依依垂下了……

还是
在您工作的地方
还是 16000 年前的湖南
从一双粗糙的手里
栽下这世间的第一株水稻开始

科研
就是趁着远在星辰之外的运气
和无数次的探问之后
在荆棘与磐石中间
去生生地凿开一条路

如果不是您
从安江农校水稻试验田间
耐心地筛选
发现了一株"鹤立鸡群"的稻株
她是植株高大
穗大粒多
一蔸稻秧分出 10 余穗
每穗有壮谷一百六七十粒
您将这些成熟的谷子
一粒粒地收好
这些金灿灿的谷子
繁殖　培育出同样出色的水稻

从此而始
天然雄性不育株
雄性不育系
母本纯度
超优千号……

不是恐怕
而是必然

苍生里的好多双眼
都将会只端着一只空碗
不管不顾
把"饱"这个字
在四野遍寻后
仍又黯然地望……

如月之恒
如日之升
如南山之寿
不骞不崩
如松柏之茂
无不尔或承

从此而始
盐碱地里的稻子
海水里的稻子
海南的稻子
湖北的稻子
陕西的稻子
这万万千千
万万千千的稻子
全部都一一垂下了头

就在天秤座
第 8117 号"袁隆平"的行星

以您之名
以耀眼的光芒
划过幽深天穹的时刻
远远地
远远地
涟涟的泪眼
还在
是的还在

真切分明地注视着
试验田里的超级杂稻啊
长得有高粱那么高
稻穗有扫把那么长
谷粒有花生米那么大
一个老人
微闭着双眼
亲切慈祥
就坐在禾下哟
醉心地
悠闲地纳着凉……

修改于2022年5月23日 5：48

附："如月之恒，如日之升，如南山之寿，不骞不崩。如松柏之茂，无不尔或承……"

——选自《诗经》句，意为祝人之寿的礼词。

诗起之地……

诗歌在离开之后
烟尘与马
就渐行渐远了
迤逦而来的
将会是雪
那些轻盈的歌

曾经绚烂的流光
总不是
被遍地萧瑟
不着痕迹地覆盖了

我写下过的
会远也会变老
独剩这——
骨瘦如柴
黑白相间的蹉跎

这一程深深的疲倦
何处才是最后的归途
读过的人
走过的路
远去的远去
只愿这
坎坷之后就再无坎坷

青青而生
繁繁离落
风烟满地游走
飞鸟和鱼的寂寞

恍惚间
一树树枝头的
迎风而开的
歌与文字
却是一枕梦
终
越写越薄

如此一个人的路途
刚落笔又蘸墨
独独一隅
静看这烟光流景

落日长河

抑或　抑或
子
寂寂然
归隐
于一卷我的诗里

倚一阕清凉水声
居窗前
飘来的暗香
风一来
再次将某些盼望吹落

只不过
我越过了众人
依旧自顾自地诉说
其实这也无关
在这所有现实里的执着

如此而已
不必去纠结
在失望与盼望之间
等下一个黎明
愿啊

愿你若再读我
落泪啊
或是展颜
只是不想在你阅尽之后
对我说
诗起之地
世界依旧沉默……

2022年5月22日 5：48

直到后来，众人才知道，我写的诗歌是为了将未来的誓言，留给现在的你看……

7：12

我的六弦琴　4/4拍　轻弹……

不用去管
有没有人听得见
一首诗
用我的六弦琴
是4/4拍
就这样
一直对着人间轻弹

不想
在无谓的韵脚里
独行或是流浪
文字也不是阅读
只是用旷远或细腻
琴音里
全是画于人间的像

我
在人的潮水中间
看见你的时候

好多性灵
都头也不回
都在顺着风的方向
匆匆在往前赶
可为什么
只有你的眼睛不一样

冬
好像挨不过去了
不明
哪里一只翠鸟
常常就叫在了心里
从黯到亮
啾啾　啾啾
却异如往常
是暗示吗
还是真相
又穿过了另一个真相

苍白
来来往往
可冲破晓这黑色的
却是远方的唤
一直不断

诗人
拎着口袋
收集着辽远的月光
可还是
怎么装都装不满

青川的白纱
车辙的烟火
瀹茶的浮生
卷帷的清梦

罅隙里
宿命
让人提起了笔
一篇又一篇
五言　七言
抑或是十四行

一天
又是一天
我站在只有爱他的人
经过的路旁
帮我捎去
一个泛黄的消息吧
没有精巧的铺排

泪水真实
答案抽象

奈何这一生
竟连最简单的叙事
怎么讲
却也讲不完

越过了眺望
十一月里的桂
还是泛着浓妍的香
和往年的花开
会不会
略有些不太一样

也不知
是为了什么
常常　常常
想着终会得到答案
自己
却不明又陷进了答案

云
总是落着泪
把一首老歌唱了又唱

说着不远的月光
都走了
何必再不厌其烦

一松手
凋落间就回溯了盛放
一首诗
就是一条河流
淌向了远方

有的本质是
抱歉
我真的不能
让你忘掉悲伤

用皱纹刻下的诗
徒剩
眷念的人
拿着一本破碎凌乱
才会看了又看

不必　不必
去等下一个未完的章
我会一直又一直
对着你

也对着我

将好多好多

是缓缓的和弦

4/4 拍　轻弹

……

2022年5月21日　5：48

本来想着写短　结果越写越长　顺着拍子　词句一直流淌……

6：46

漫过尘缘

漫过尘缘
虽值暮春向晚
花事却正妍
宣纸上一笔深情
是绝色的落款
一枚金钩银画的信印
帮我盖在
细碎纷纷的烟火人间
花开花落
娟然而现

漫过尘缘
不会去盼每份相守
都会有始有终
君与我
最初的相识
却不再为最终的相牵
许是年少时的怅惘情深
抵不住心智消磨

一晃眼
就已是似水流年
花落纷纷成冢
不由得人半点痴怜

漫过尘缘
那分分合合的片段
究竟是不是
起起伏伏的宿命
来来去去的缘
光阴总守旧
秋水难缠绵
左左右右摇摆的目光
竟不得
意难平
转身的决然
总不是
把疼痛又温习了一遍

漫过尘缘
人说月见时会看到故人
约定已湮
细雨落在了荆城
风住尘香
胭脂妆奁

恰似一场花事潋滟
不过最不该
留在人间
途经花开的盛放
只记取一朵
众芳摇落残红点点

漫过尘缘
桃花影又落
海棠当前
浅醉的时光
恍若昨日又走过
两两不见
愿与期许仍同路
稳稳
稳稳
人与事
终落心田

遥遥
遥遥
听见有人仍在吟唱
唱着诗心很近
欲见
欲见

那个人
就在月光不远……

      2022年5月12日 6:42

漫过尘缘
我每天就如此
去写一首你终会懂的诗
遥想着
越过了山丘
与你在月下相见……

          7:08

我的门

惴惴不安
可身体还是
被一堆花花绿绿的纸片
推搡着
我的对面坐着的
是一个涂了厚厚的遮瑕膏
脸上依然隐现
不少雀斑的女人
不停地
在耳边聒噪
说我是酸性体质
最好是用她们公司
刚刚推出的一款××纤维产品
如果预存一万
才有资格申请加入会员
会有价值不菲优惠
如果介绍会员
还可以将业绩直线做到皇冠
用不了多久
就会有一个巅峰般的彪炳业绩

以足够睥睨这尘埃里的
区区草芥的众生
……
至今不明
我清楚地记得
我当时对那个雀斑女人
是频频点头
至今不明
可后来
面对那辉煌逼真的将来
是梦吗
我却只能张口
喉咙含糊
无法发出哪怕一两句
清晰的声音
我只能愣愣地看着她
真切到
的确是有些恍惚了
……
至今不明
我为何一路会行至
这片横生魑魅的丛林
刚刚的一瞬
忐忑着
一直不敢想
我那梦里的故乡

是否
还有一弯月牙
还挂在槐树间的
澄碧的天空
家里
是否还有一盏灯
在朝着村口的方向
忽闪地亮

走乡串镇的货郎刘的二女儿
后来是我
那个从来有点木讷的
默不作声的媳妇
是不是
在离县上六十里外的老屋
依然留着一扇
在盼我远归的门……

2022年5月9日 6：18

听见村里人家
传来读书的声音
我便上前
敲其中那一扇还在亮灯的门……

7：04

睥睨（pì nì）：斜眼看的意思。

懂诗的人　总也写不好诗

懂诗的人
总也写不好诗
写不尽的白头青丝
要不然
怎么会有乡愁的泪水
一再地
漫涌过故土的堤岸
被月光映着的心
在娘的远眺里
密密缝过的衣衫
归来仍是迟迟
一再地追问哪
凭着山河漫野
一幕幕清清白白
感恩　报答　诚恳　笃实
依旧是日复一日

懂诗的人
总也写不好诗

写不完的极尽表达
要不然
怎么会一支笔就悬在了半空
对着空旷的洁白
是写上无尽祈愿的话
还是描绘出相思的字
涟涟的泪眼
一颗心就此去寄给了远方
还是就凝固在了
决绝的当时
沉默良久
不能自持

懂诗的人
总也写不好诗
要不然
怎么会遥遥地看见
昨天与今天的河
从远方又流向了远方
到底谁会是
那个真真切切的影子
依旧勤奋
依旧执着
依旧真挚
继续说着月光不远的故事

其间陶陶
涵涵于斯

懂诗的人
总也写不好诗
诗里的月光
覆过凉凉的四野和人间
全是怎么写
也写不完的
悲悯　钟爱　凄情　幽思

在眼睛的深处
在海的中央
在畅快的吐纳之间
在从山顶归来的路上
在历尽颠沛之后

老辈的人啊
我看见他们倚着最后的夕阳
对我说着时间之词
说那里啊
曾经有过这样的一首诗

可是至今
我也写不好一首完整的诗

只能或莽撞或懵懂地
于每一天的黎明前
小心地尝试

把一部分的碎片
去呈给了希冀
就此
无休无止……

2022年5月8日 5：28

……
无父何怙，无母何恃
出则衔恤，入则靡至
父兮生我，母兮鞠我
拊我畜我，长我育我
顾我复我，出入腹我
欲报之德，昊天罔极
……

　　祝：读者的母亲和身为母亲的读者"母亲节"欢喜！吉祥！些许小字，欣欣以慰……

7：38

邀你 去一座桃源的小镇走走

邀你

去一座桃源的小镇走走

不用去管

唐诗宋词诗经离骚

它们会有多厚

也不必煞有介事

如何选择

应该到哪个小镇里去走走

诗和人的分寸

当下即好

遣兴于归

于思 于慕

于月色的心头

邀你

去一座桃源的小镇走走

煮一壶茶

书一阕词

抚一段琴

温一盏酒

你可知道啊
苏子的黄坡
渊明的竹篱
也不及
她立在我心间的灵秀

邀你
去一座桃源的小镇走走
然后
看见了万顷湖滟
三寸光明
然后
看见了朗月相照
晚风轻拂
然后
看见了十里桃花
漫江碧透

邀你
去一座桃源的小镇走走
诗里幽处
一箫在手
心思缱绻
也要一曲朗朗高奏
否则
怎对得起这醉染春风

诗意春光
长舒广袖

邀你
去一座桃源的小镇走走
夜阑
风起处
落花有声
想起一念花开
一念花落
诗里行走的人
自有
与生而来的潇潇风流

邀你
去一座桃源的小镇走走
且握一支瘦笔
泼墨留香
书三千桃胭李丹
描一枝绿肥红瘦

邀你
去一座桃源的小镇走走
红军树下
对着好多双希冀的眼睛
那峥嵘的日子啊

对着你
对着天下的心
却仍是怎么讲也讲不够

邀你
去一座桃源的小镇走走
在阡陌暮晚
总有一缕情深
不会再言
这岁月荒凉
也会有欣春与金秋

邀你
去一座桃源的小镇走走
是麋鹿
栖于扬子的古道
是鱼鲜肥美
是芳草萋萋天鹅的洲

邀你
去一座桃源的小镇走走
那里有石
却孤傲于北山之首
你记得也罢
你忘却也可
风情桃花
炫灯流彩

这瑰然于世的玲珑剔透

　　邀你
　　去一座桃源的小镇走走
　　诗间的人啊
　　能度世上的尘
　　秉着简简的质朴
　　三千里的桃花
　　萦萦于魂
　　只有　只有
　　醉在之中的芳馥啊
　　就此　琴知我音
　　就此　温厚白头……

2022年4月21日　5：48

"莞尔桃花焉，情深石之首。"
　　写此小作，多词不达意，也遥想着能去送给于石首的领导、老友……

　　临桃源
　　步竹林
　　闻鸟鸣
　　会分不清
　　你是在我心间
　　还是在诗间的样子……

7：02

我在人间
　　四处打听着一首诗的下落

本来
那一袭诗香
是和我日日相伴的
却不辞而别
消逝在神秘的点点星辰之中

天光渐黯
奈何只剩我
伶仃地
在人间
四处打听着
那一首诗最后的下落

打听到
有一两行
在怔怔的空境里
被去释怀一些
至今仍有些
隐隐作痛的旧事

可是为什么
一下子
雨
便簌簌落了下来

打听到
有一两行
与青青子衿
飘荡于一起的
是寻常耳边
脆脆生生的笛音
在尘烟里
便舒展开了淡抹的涟漪
是青苔的样子

打听到
有一两行
总是跟着斗笠　蓑衣
枕水人家
寻阶而上
望见草堂外的柴扉半掩
也罢
墨
却总无凭寄
那些迟迟不敢的慎重啊

不紧不慢地
总是在四处漏雨

打听到
有一两行
秉着兰的淡雅
会淋湿了诗的裙裾
而这千古的衣钵
仍在等
持杖芒鞋的主人
不是也无风雨也无晴吗
好让拙朴
于瘦削的几句
她会一一地
于好多好多的眼中
被温润周全

怎可知
苍苍之后
此心可曾历来无恙
目迷重重
最后是否归来安然

路边的草
波心的纹

刻骨的冰

浩荡的风

我在人间

向每一块碎的灵犀啊

四处

在打听着一首诗的下落……

2022年5月2日 5：48

读到的人

能告诉我吗

那一首诗

喜欢眯着眼睛

是温厚、谦和的样子

清晨出的门

后来啊

他在人间最后的下落……

(回复必谢!)

后记 6：58

我依旧相信一条河流

徒何
只有四下无人
趁着有月色的夜晚才看清
这一行行
向我奔涌而来的
呜咽着的
蹒跚着的
面庞模糊的句子

其实就是一行行
零落的
也不规整的
烟尘满面的字

有的楚楚
有的形骸
有的是顺着一条大路往前
匆匆地赶往
应接不暇的晨昏

有的
却是无因无由地闪回
或挣脱桎梏
或举杯邀月
一丝丝天长地远的魂魄

他们
早早地
就登上了先人的舟楫
溯着沧海而去

空旷得
就只剩下了我自己
徒留着
兰桨归棹的追问

如果临川的人
也在山道上
遇见了
那么我劝你
还是不要去叫她
因为你在寻她的时候

她久远的刚刚
在一个你不曾见到的地方

兀自地落过泪

当时泪水滂沱

曾打湿过

阁楼上的先辈

留下来的一本本线装书

立

立在一首诗的气宇轩昂之下

面对这人间的诘问

唯默默

终就是那久远的剖白

我只是依旧相信

就在幽阴的月光之下

那一条缓缓向东的河流……

2022年3月26日 5：28

亲爱的读者

朝夕相处

你终会看见

我相信过的那一条河流……

6：48

清和·醉

值清和

顺着花开又花落

日子无端

华年锦瑟

一个我

牵引着另一个我

焚香

研墨

不然怎对得起

春风十里

予人绯红脸颊眉间的恩泽

一首醴浓的诗

注定要从四月的门楣飘过

这人间的四月天哟

生机淯漫

温柔丛生着

海棠　鸢尾　杜鹃
花开次第
香雨漫卷

鸿雁　黄鹂　子规
百啭千声
舞步怡人

就连绿也很好
不深不浅
不浓不淡
芊芊漫过大地
盈盈贴近天空

一抹恬笑
端端地
就做了春心的底色

你看见也罢
你无视也可
此间啊
我就在一首四月的诗中
屏息

安坐

春雨堪作酒
散漫赋清和
饮得桃花酿
释与他人说

在四野葳蕤的浩荡里
品味着
淳厚的生机哟
这生机里
分明透出了
一万种的寂静与婆娑

此刻
我是莞的清风
是淙淙绕于你的流水
是依依不舍于你的云朵

我曾于四月
醉在清和
吟着一纸清澈繁华
隐却了所有的深情与香魄

你

记得吗……

2022 年 4 月 30 日　5：48

清和：意为四月。

每日
我都在指尖为你飞翔一次

轻轻地
去合上这混沌的尘世
关闭喧嚣
离开人群
徐徐步入只有缕缕的月光
才会知道的位置

打开我的那些
无名的悲悯和忧伤
弹开眉间风雪
拂去落满荒唐之言的稿纸

不想
做一个虚浮的诗人
在一川烟草之外行吟
折一枝唐宋哀哀里的桃花
去寄给流水往事

其实的其实
我只是
一只纤弱的鸟
就用尽灵魂里所有的力气
不是用花朵一样
那些美丽温暖的词
轻抚我那些缓慢温润的光阴
穿越一生的钟爱和孤独
只是为了一个名字
倾力地去振翅

无梦的天空
到哪里都是一片深蓝
无人吟唱的月光
照着通往
历历荒原变迁之后的城池
斑驳与皱纹
那是最深刻的诗

知道的人
永远都会知道
你也不去管
我的翅膀是否受伤
每日啊
每日

用那些发着光的
理想的样子
我都在指尖
向着簇新的朝阳
为你飞翔一次
……

2022年4月24日 6：16

慢慢来
比较快……

6：42

荆城 是我眼里飐的雨

荆城
是我眼里飐的雨
先是滴答
后是淅沥
不停息
似白发垂垂的人
絮叨不完的语

荆城
是我眼里飐的雨
斑驳的印记
那是离别时的无言清泪
枯瘦的梅香
还是重逢时的不止的涕

荆城
是我眼里飐的雨
一条摇橹里的南方的河
缓缓而来

悠悠而去
只是这潺潺
不会枯竭或是漫溢
与她相依
何言舍弃

荆城
是我眼里飐的雨
雨的来临
而那时你一直都在啊
在飘荡者的身边
在梦里
荆城的雨
哪里是什么甘霖
不该都是这游子的泪滴

荆城
是我眼里飐的雨
应是百年老屋
雨的痕迹
是一方透亮的天井
是巷口传来叮叮当当的手铃
是屡屡不绝
心头里
先人碎碎里的记忆

荆城

是我眼里飑的雨

总有些遗憾

会让人无法去补遗

总有些心痛

会一瞬间叫人后悔

当初的当初

就好了

应该要继续着继续

荆城

是我眼里飑的雨

先是缓缓

然后却越来越急

每到此刻

提得心竟越来越紧密

屋檐瓦下

不停也不语

光晕不明不暗

岁月黑白

春秋斑驳被写在了四壁

荆城

是我眼里飑的雨

小窗沙沙

安详静谧

有太久太久的距离

没有再听到荆城的雨

不来就自去

安抚那心底里的彷徨无依

人能飞得很远

在羁旅的四野间

总要有一块永不干涸的田地

荆城

是我眼里飏的雨

自有一股诗意与韵律

像灵药一样

会治愈久思而落的陈疾

荆城

是我眼里飏的雨

是枝叶的呢喃

那雨声

是我梦里的诗句

荆城

是我眼里飏的雨

祖辈的叮咛

告诉我

别离也是新的孕育

请你

请当下的你

就在我的一首

关于荆城的篇章里

临窗听雨

唱和的词句都在怀里

那颗漂泊的心哦

细细感受

去静静地憩

荆城

是我眼里飏的雨

密密且明明

这雨

竟下得越来越绵密……

2022 年 4 月 12 日 5：49

飏（yáng）：飞扬、飘动的意思。

四月里
　　我将告诉你一个秘密

四月里
好多印象与真实里
花事荼蘼

愿望与期待
总是开了又谢
谢了又开

一季
又胜过一季

为何
可是某些怅然
还有某些疑窦
却深深地
埋进了时间的诗里

有的心释然

有的心静寂

春之欣风

秋之暮叶

冬之离雪

夏之沉雨

一路蜿蜒而行

坦途寥寥未几

侧身而过

却始终去寻寻觅觅

流言中的此生

却只是为了一个字

辗转之行

衍衍而息

于一片刻

于一弹指

于一刹那

于一须臾

摸不摸得着

听不听得懂

看不看得见
猜不猜得到

是否就会
了然
世上所有的绽放
哪一滴雨
一直会滴到了心里

这一路的
缤纷　明暗
欢喜　相离
是不是
最后又最后的终点
那些诚恳的答案
都会伴随着
花盛
花寂

清清楚楚
陆陆续续
一一得到
又一一逝去

你的眼

众的口

我的心

一步一步

用长路写下来的诗

会有一场

那是与你的落泪

四月里

我将告诉你一个秘密……

2022 年 4 月 2 日　5：48

我的读者

四月里

我将告诉你一个秘密……

6：30

不解梅心毋提笔

树树寒梅
傲霜香已
开时似雪
谢时似雪
花中奇绝
何来堪比

粉缀枝头
绿映眼底
香非在蕊
香非在萼
妍妍你我
尘间馥郁

此情幽来
最是深寄
梅心傲然
乾坤清气

伴春生于惊雷
闻雨漫过天际
梦于花间轻舞
醒亦四方旖旎
万物起于无为
装点芳馥天地

清露朝沐
月华淡浴
萌发枝头
装点天际
粉翠春衫
逸逸来去
落字凡间
濡染心曲
我自潇潇
你亦依依

何顾槿艳自傲然
凛苦由衷仍报喜
人道皑皑香雪盛
不解梅心毋提笔……

2022年2月8日 6:26

我的诗国

我的诗国
若不是我还有
未完的诗卷在手
注定
会抵不过
萧萧身外的风雪渐深
故事却未完

我的诗国
尘埃间到处
都是失语的云朵
被天空纷纷地锁住
灰沉沉地
遮蔽住
那一袭醉人的兰蔻
隐约见
桂河轻桨

我在诗国里
一直走了很久
秉着烛灯
一一地
去叩访自己的前生
灯影里
看见了白发的娘

我的诗国
是风雨痴缠的江南旧曲
牵引着
羁旅寂寞的归程
三两声的鹧鸪
也不吟遗憾

我的诗国
微风也掠过
桃花映照的文字
风华翩跹
窈窕流连
总是予人向往

我的诗国
思念
与遗忘的手轻挽

抚着往事
一张又一张的脸庞
温良一贯

我的诗国
谁的远方
会消失在眼里的远方
而悲伤
又会将别的悲伤驱散

我的诗国
明月之下
岁月
本来就是亘古荒凉

我的诗国
千山外
故园应已飞雪
屋宇岑寂
白马踏过的长街
睡梦一般安详

我的诗国
是明月萦绕的乡

怀思已
毋怅惘
三千首
留人唱
……

          2022年3月23日 6:48

月的诗国
你若有心
听我慢慢讲……

              7:02

透过凝望爱着你

今我来思
雨雪霏霏
站在诗的源头
却总也看不到河流的走向
……
第一场第一镜
她给你的诗
就被生活肢解了
……
嘈杂的市场
公交车上
三三两两的学生
绚丽的酒
缄默的植物
明亮的白日梦
还有悠长的风
沉溺的睡眠
……
若有若无的交谈

像种子一样
裂开了的某个傍晚
神秘的芳香
……

总有
没有牵上的手
挂在
一弯不远的月牙儿上
对着人间摇晃
……

滤镜是有的
长镜头是有的
还有哪些空白
是真切
还是没有被填满
……

晶莹剔透的尤克里里
盖上了一块靛蓝的布
被斯坦尼康
摄魄
……

等的人归来
在氤氲着的夕烟里
轻轻地问她
那条河的尽头如何
……

她摇了摇头
惆怅地对着人说
没有了尽头
河流
也就没有了存在的意义
……

匆匆　匆匆
于无数的交汇里
有人会想到
他终将是幸运的
最后能以诗的方式
向爱慕致敬
致敬　这绵绵的袭来
……

一条黄手帕终于能明了
逆光之处
她
现在山道
正透过凝望深爱着你
……

2022年3月8日　5：49

节日里，送给我的读者，那些"女神"的心意。祝您嘴角上扬，其他的皆不必……

晓·俊

静待破晓
俊语隐现
落字以诗
伴君经年
淡意微微
小语几篇
大雅无妨
浅兴流连
白发允我
蹒跚诗间
字里幽光
不由迎面
雨停风骤
晚晴徐现
廿年初涉
痴话当年
佶屈聱牙
青灯经卷
日月渐深

水墨清浅
光阴写意
苍凉旷远
数卷诗香
澡雪之思
几壶酒醴
恬然相见
指尖滴露
沁香连绵
梦境依旧
葱茏蔓延
随兴轻流
清凉月色
浮白淳意
烁金江天
生而为诗
月光不远
时光彼岸
轻轻浮现
情深不寿
词尽难全
梦里衣衫
相看泪眼
风姿卓婉
恍如初见

荆荆楚楚
昕昕天天
执手无语
横波涟涟
……

       2022年3月3日 5:48

我的读者
你的
眉眼落处
信不信
我正在竭尽全力
为了和你一起的那些恒远
还有其间
许多个熠熠有光的时刻
去找一个诗的理由
如初般相见……

          即刻